呼吸

〔韩〕文庆敏 著　文慧 译

江苏凤凰文艺出版社

图书在版编目（CIP）数据

呼呼 /（韩）文庆敏著；文慧译. -- 南京：江苏凤凰文艺出版社，2025.1
ISBN 978-7-5594-8695-0

Ⅰ. ①呼… Ⅱ. ①文… ②文… Ⅲ. ①长篇小说－韩国－现代 Ⅳ. ①I312.645

中国国家版本馆CIP数据核字（2024）第108429号

江苏省版权局著作权合同登记号：10-2024-140 号

훕훕
Copyright © 문경민 (Moon Kyeongmin), 2022
All Rights Reserved.
Original Korean edition published by Munhakdongne Publishing Corp.
Simplified Chinese translation copyright © 2024 by Beijing Memory House Culture Co., Ltd.
Simplified Chinese Character translation rights arranged with Munhakdongne Publishing Corp.through YOUBOOK AGENCY, CHINA
本书中文简体字版权由玉流文化版权代理独家代理。

呼呼

（韩）文庆敏 著　文慧 译

出　　品	橘子洲文化
责任编辑	白　涵
监　　制	王　瑜　暖　暖
特约编辑	何苏然　云　游
版式设计	段文婷
出版发行	江苏凤凰文艺出版社
	南京市中央路165号，邮编：210009
网　　址	http://www.jswenyi.com
印　　刷	三河市国新印装有限公司
开　　本	787mm×1092mm 1/32
印　　张	8.5
字　　数	125千字
版　　次	2025年1月第1版
印　　次	2025年1月第1次印刷
书　　号	ISBN 978-7-5594-8695-0
定　　价	49.00元

江苏凤凰文艺版图书凡印刷、装订错误，可向出版社调换，联系电话025-83280257

序言

《呼呼》反映着我曾经的一部分生活,在创作期间,我经常会将周围发生的一些事写进小说里。例如,某个清晨和偶然遇见的人聊天的场景,或是从收音机里听到的一些消息,都是影响这部小说细节的因素。当我自己翻阅这本书的时候,也会想起创作这些内容的那些日子,可以说,我是一个会将自己的生活记录下来的创作者。

在创作这部小说的过程中,我一直在思考关于"救赎"的问题。我会纠结主人公宥莉认为的救赎是什么,以及对宥莉来说真正的救赎又是什么。《呼呼》这部小说不到两个月就完成了初稿,虽然创作的时间比较短,但它真实地映射着我的苦恼、我的生活和我的时间。我的苦恼,也是关于

"宥莉的救赎"的苦恼,"我的救赎在哪里?我该如何去生活?"每当考虑这些问题的时候,可以说我和宥莉是一体的。宥莉寻找的救赎,何尝不是我走过黑暗的通道后要面对的路?

《呼呼》面世两年半以来,得到了很多韩国读者的喜爱,对此我非常感恩。偶尔也会遇到问起应该怎样去理解这部小说结尾的读者,可能因为小说的名字叫《呼呼》,所以很多读者愿意相信这部小说是温暖的。虽然我也认为温暖的情感很有意义,但如果以完美的大团圆结局来结束这部小说,又会觉得失去一些什么。

因为这部小说描写的是被领养的孩子,是从被抛弃才开始有了自己生活的孩子们的故事。如果用"完美"的方式来结尾,很可能是对他们生活中存在的"裂痕"的轻视。主人公的名字叫宥莉(韩语与"玻璃"同音),是因为宥莉有着一个随时可能会破碎的心,这也是这部小说的中心。因此我想,这部小说的结尾应该是温暖的,但同样也是不平和的,只有这样,才符合这部小说的主题。

我也会思考有没有必要向读者说明自己的创作意图,当然这并没有明确的答案。这部小说到了读者手里，怎么样去解读完全是由读者来决定的。只要没有特别大的理解性的出入，任何解读我认为都是有意义的。虽然我是这样认为的，但在此仍是将自己的想法说了出来。

《呼呼》能与中国的读者朋友们见面，我既高兴又有些忐忑。我会担心这部小说写得好不好，有没有不合适的场景和不恰当的表述，这一过程也让我重新审视了这部作品。《呼呼》有着它特殊的存在价值和意义，但在序言中说明我的立场和结尾意图这一点，仍是令我有些不安的。

虽然伴有不安，但我终究还是觉得很庆幸。想到我的小说可以被翻译成其他国家的语言出版，让更多的人读者看到，是非常值得感激和高兴的事。对于一个生活在三面环海的岛屿国家的我来说，中国的辽阔和广袤让我既向往又好奇。想到在这样广阔的中国大地上的某个地方，有人正在翻阅着《呼呼》这本书，我多么希望它能发挥它该有的作用。虽然我们生活的地方历史和文化都有所不同，但我相信《呼呼》讲述的有关宥莉的故事，会成为我们生活里的一道光，照亮着我们前行的路。

就像今天的我们有别于曾经一样,就像我们的日子会慢慢好起来一样,希望正在读这些文字的你,也会迎来更好的明天,以及,美好的今夜。

文庆敏

1

办公室里,老师电脑上的桌面竟是张灾难喜剧电影的宣传海报。电影主演站在坍塌的楼房废墟上,脸上挂满了鼻涕和眼泪,张得大大的嘴巴里,似乎都能看到他的喉结了——他在大喊着"救救我"。

我嗤笑着想:这换成是我,我会怎么做呢?是不是也会青筋暴起地扯着嗓子大喊大叫呢?抑或是无法控制自己扭曲的脸,焦急无措地跺脚呢?我觉得我应该是不会的。我可能没有办法让人先来救我的,毕竟等待救援的不止我一个人,让人先来救我,这总会让人觉得有些无耻吧。

"宥莉,可以等我一下吗?一会儿就好。"

高香淑老师手里翻阅的正是我们交上去的自我介绍。我将散落的头发捋到了耳后,手指不知不觉地划过了左侧额头上的疤痕。这是一个三厘米长的疤痕,说来也奇怪,我并不记得这疤痕是什么时候生成的,但每当焦虑或紧张的时候,我总是会去触碰它。

我在办公室的小圆凳上坐着,再一次看向了老师办公桌上的电脑显示屏。为什么桌面会设置成灾难喜剧电影的海报呢?这电影已经上映了三年,把这种电影当作是最爱的影片,也未免太儿戏了。还是说高老师的子女参演了这部影片呢。

在我升入高二的第一天,班主任高香淑老师在做自我介绍时说她已经五十八岁了。说实话,我对她的第一印象并不讨厌,圆圆的脸庞,即使不笑的时候也会让人感觉很温和。高老师穿着很讲究,喜欢华丽的装扮,这在她身上也一点都不显浮夸。昨天在教室,高老师在做完自我介绍以后说,希望大家能真诚地写下自我介绍,把真实的自己介绍给她。

我低头看向自己从前面同学那里要来的纸张,怎么看都觉得没什么诚意。在纸张上面写下"自我介绍"四个字以后,就真的没什么好写的了。干净的纸张上面仅有的字迹,看起来是那么地荒凉。片刻的寂静伴随着我的一声叹息，教室里慢慢传来了嗒嗒嗒的写字声。我按压着笔盖，思索着什么可以说，什么不能说。终于我写下了第一句话——

我是徐宥莉。

从那之后似乎也没少写。我写了自己的兴趣爱好，喜欢的电影类型，喜欢的歌手和演员，朋友关系，简单地写了自己的家庭以及学习中的困扰，将来的打算……还写了什么来着？

高香淑老师的视线落在我写得满满的自我介绍上，我轻轻地咬住了嘴唇。

"真诚地写下自我介绍"，到底是要多真诚？真诚两个字说起来也太模糊了。

纸张上密密麻麻记录的句子也的确都是事实——住在市区外的两层小楼里；上学需要四十分钟时间；性格上，虽然自己的话不多，但遇到必须要说的话时也从不马虎；想要好好学习但不出成绩；等等。这些无疑都是大实话。

夹克外套兜里响起了电话铃声——是爷爷来的电话。我急忙挂断了电话，和看向我的高老师说了声抱歉。高老师笑了笑,说了句"接一下也没关系的",然后低头继续看着我写的自我介绍。我偷偷看向了高老师,高老师的笑脸很自然。

二年级教室门口聚满了等待谈话的学生,显得有点喧哗。这种每学年开学初都要进行的师生谈话,似乎并不是必要的。二年级一共七个班,只有三个班组织了师生谈话。

高香淑老师将我写的自我介绍放在了办公桌上,然后对我说:"宥莉的字很漂亮呢。"

我尴尬地笑了笑。

"你是和爷爷两个人住呀?"

当时我是犹豫过要不要写下这个内容的。我的家庭很复杂,这是我一直以来不想让人知道,也不想说出来的。

"可以说说是什么情况吗?"

我的手又不自觉地开始摩挲着额头上的疤痕。我此刻的表情一定是很纠结的。

高老师微笑着,轻轻把身体靠向了我,我也向高老师那边倾斜了过去。高老师对着我悄悄地说:"我的家庭情况也是很复杂的呢。"

我抬起头望向了高老师，高老师却很自然地转移了话题。

"成绩也还不错……"

呵，怎么可能，我的成绩只能堪堪挂在年级的第三档。只有国语稍微好一点，排在第二档，是中上一点的名次。

高老师将问题转移到了朋友关系上面。她向我问起了班级的氛围怎么样，我和班里谁关系最好之类的话题。我本想说和七班的朱峰、美希关系最好，但后来却只说了美希。我怕提到朱峰，老师会开玩笑说，朱峰是不是我的男朋友。

高老师听说我没有去学院上补习课，只是在家里听听网课后，露出了不可思议的表情。之后聊到了今后想考什么大学，选择什么专业方向的问题时，我表示很茫然，自己其实并没有什么想法。

我对高老师说："总之先学着，我会尽可能提高自己的成绩。"

高老师听到我的回答又笑了，对我说："你还真是一个诚实的孩子。"

我和高老师的谈话很平和地结束了，她让我喊下一个要谈话的世润同学。

当我站起来的时候,不小心掀倒了刚才坐着的小圆凳子,发出了清脆而又嘈杂的声音。周围人的视线突然都朝向了我。然而,我着急扶起来的小圆凳子却再一次倒在了地上,这回直接滚走了。随着周围的笑声,我红透了脸,连忙把椅子追回来摆好,匆匆跑出了办公室。办公室门口站着一个男生,是世润。

"该你了。"

"嗯。"

世润侧了一下身子,我急匆匆地走向了走廊。

"结束了?"朱峰摇晃着像摔跤选手般大块头的身体,撇嘴一笑。站在朱峰旁边的美希抬了一下眼镜,目光向我看了过来,白白细细的手指向我挥了挥。他们两个站在一起,可真像熊和兔子。

我看了看周围,走廊地面上只有朱峰的黑色大书包。

"我的书包呢?"

朱峰双手揣在裤兜里,摇摇晃晃有节奏地一蹲一起,用搞怪的声音唱着:"你的……包……在……哪里呢?"

美希忍不住翻了个白眼,摇了摇头。我看到朱峰肩膀上露出的书包带,冲上去就拍打着朱峰的肩膀:"我的书包怎么会粘在你的肩膀上?你倒是说说看。"

朱峰做着夸张的表情,好似真的被打怕了一样,一边嚷嚷着"啊!救命啊!",一边把书包递给了我。书包一直被朱峰背着,拿过来的时候还能感觉到热乎乎的。我掸了一下书包,背在了肩上。

朱峰笑着问我:"班主任说什么了?"

我假装做出愣住的表情,望着朱峰:"是啊,说什么来着?"

朱峰扭头看向美希:"她这是在说什么啊?"

美希叹了一口气,小声对朱峰说:"宥莉应该是喜欢的。"

"什么?"

"宥莉应该是喜欢新的班主任老师。"

朱峰激动地拍起了手:"哇哦,哇哦,真的啊!"

美希轻轻皱了一下眉,望向走廊说:"朱峰,你的声音实在太大了。"

朱峰看到美希嫌弃的样子,马上正经了起来,悄悄对美希说:"我又大嗓门了?"然后不好意思地挠了挠脖子。

我轻轻拍了下美希的肩膀说:"先走了呀,明天见。"

"喂,喂!马上就轮到我和美希了,我们班主任说十分钟就能结束。"

我笑出了声:"你确定老师和你谈话,只需要十分钟?"

朱峰是个和谁都能聊上大半天的人。他虽然性子有点急,曾经和老师有过冲突,但学校里也是有特别欣赏朱峰的老师。朱峰那留着灰白胡子的上一任班主任就说过:"朱峰这小子要是去做生意,定是个大人物啊,绝对能把贝壳卖成金价!"然后啪啪地拍着朱峰厚实的后背。我和美希偷偷地说:"把贝壳卖成金价不成骗子了吗?"话是这么说,但朱峰上一任班主任的话里明显有着对朱峰的认可和对他未来的期盼。

我向美希和朱峰挥了挥手,走下了台阶。从走廊望向玄关外面,阳光显得特别刺眼。我走出了教学楼的玄关,沿着操场的边缘慢慢地走着。凉风中伴着一丝丝轻柔的气息。道路旁的紫玉兰和白玉兰没有叶子，花瓣却像叶子一样向周围伸展，散发着高雅纯洁的气息。下周就要进入四月了，那会儿樱花也快要开了吧。手机铃声又响了，是爷爷打来的。刚想要接通电话，电话铃声却突然断了。

我低头想了想。爷爷从来不会在这个时间给我打电话的，就算是打错了也不会打两次。我停下了脚步，重新拨了过去。铃声响了很久，爷爷才接起电话。

"您刚刚来电话了？"

爷爷那边没有说话。我有种不太好的预感，通过手机我仿佛感受到了另一端传来的不祥气息。接着我听到了爷爷深深的叹气声和倒气的声音。

"您还好吗？"

没有回答。听到的仍是深深的叹气声。不祥的预感更是袭击着我的全身，我慢慢地，又紧紧地握着拳头——无论爷爷说什么，我都不能慌。

"是不是发生什么事了？"

感觉过了很久，手机里才传来了爷爷低沉的声音。

"正姬死了。"

这消息好似铁块一样击穿了我的耳膜直冲向大脑,又涨又疼,感觉头发被击得都要竖起来了。接着我的心脏也开始绞痛了起来。爷爷口中叫着正姬的人只有"她"。

"先回家再说吧。"

爷爷挂断了电话。

我似乎疼到麻木了。我呆呆地站着,低头看着自己的鞋子。这是我第一次接到亲人死亡的消息。我不知道这种时候应该做出什么样的反应。我完全没有头绪,不知道该用一种什么样的心情去接受这件事,这使我整个人都陷入了非常混乱的情绪之中。

爷爷的女儿徐正姬;徐宥莉的妈妈徐正姬。

她是收养我的人,同时也是弃养我的人。和她一起生活的日子也就三年,从那之后她就将我扔给了爷爷,离开了。最后见到她,是我八岁的时候吧……

我翻开了书包前面的口袋,找出了口香糖盒子,打开盒子从里面拿了一块看起来像石头一样的口香糖放进了嘴里。我用牙齿咬碎口香糖外面裹着的一层糖质薄片,它发出了清脆的声音。口腔里顿时溢满了清甜的香气。一个似乎不够，我又取出了一块口香糖。我深深吸了一口气，慢慢地嚼着口香糖，嚼了一下又一下，口腔里这才开始分泌出了唾液，滋润了干涸的嗓子。我抬起了脚步。

2

葬礼结束以后,延宇来了。

昨天下了一整夜的雨,庭院地面上湿漉漉的。铁锈网上攀爬的藤蔓露出了新芽,红砖砌成的花坛上,蒲公英和荠菜也长出了枝茎。我站在卧室的窗边,看着窗外庭院里玩耍的延宇。延宇皱着眉头,用小铁棒不停地刮着角落里破碎的石灯。他像是觉得把上面粘着的树叶刮下来很有趣。

延宇是我曾经的妈妈——徐正姬留下来的孩子。他白白净净的,有一双大眼睛,脸型也很好看。他那高高的鼻梁和微微上扬的眼角,都随了妈妈。

延宇和我只有两个共同点,一个是我们都姓"徐",另外一个是我们都不知道自己的爸爸是谁。

事实上，在徐正姬女士弃养我之后，逢年过节她偶尔也会回来看看。但每次她的脸上露出的都是抹不开的忧虑，神色更是不安和焦灼。她会神经性地不停地抠弄着手指边的倒刺，眼神也很慌乱。她虽然是自己开车来的，但身上总会散发出难闻的酒气。每当这时我就会想，难不成她的家是个蟑螂可以随便进出的地方？很可能臭气熏天，乱得一团糟吧。徐正姬女士好似很匆忙，每次都是来了就走。

最后一次见到她，是我八岁那年的中秋。那天徐正姬女士怀里抱着个婴儿，她说孩子叫延宇。她当时的脸色像是病了很久一样，暗沉沉的。照顾孩子的样子让人也很无奈——每当孩子一哭，她就烦躁不安；孩子饿了，她就先发起脾气。

我望着躺在地板上的延宇，来回摩挲着额头上的疤痕。徐正姬女士有了自己的孩子，对于这一点，我是既惊讶又害怕的。那时的我，可能无数次幻想过我的妈妈，也就是徐正姬女士会回来接我吧。

那天晚上，看着我入睡的徐正姬女士，在我旁边安静地坐着，默默地流着泪。我当时并没有完全入睡，我闻到了一股难闻的气味，那是酒味混杂着食物的味道。我听到她说，对不起，她自己也是无路可走了，明知道这样是不对的，但也得这样无耻地生活着……这些前后不搭的话我都听到了。之后爷爷进来了，两人激烈地争吵了起来。

天亮了。徐正姬女士一句话都没有说，就带着延宇离开了。被拖动的行李箱发出了刺耳的声音。直到行李箱轮子卡在庭院砖头缝里后，那刺耳的声音才戛然而止。她放下了延宇，使劲儿拽出了行李箱轮子。我和爷爷站在窗前望着这一切，我小声问了问站在旁边的爷爷。

"延宇的爸爸在哪里呢？"

爷爷望着窗外，低声说："不知道。"

我惊讶地看向了爷爷："为什么？"

爷爷低头静静地看了我一会儿，开口对我说："不知道就是不知道。"

听到爷爷的回答，我一时有些茫然，随后也就明白了其中的深意。明知道的事也可以当成不知道的。我连生我的父母是谁，都不知道呢。我也不知道徐正姬女士为什么要这么活着，为什么和爷爷关系这么差，为什么收养我的时候就是单身，这一切我都不知道。我想也许是爷爷不想让我知道，我才不知道的吧。爷爷和我的交流很少，该回答的问题，我总是用很简短的话来回答，心里难受的时候，我就干脆闭嘴不说话。我现在已经上高中二年级了，这样的状态直到现在依旧没有变化。

那天，我又问了问爷爷："妈妈是再也不回来了吗？"

爷爷说："就当她不存在吧。"

虽然我的心里既憋屈又堵得慌，但也毫无办法。我轻轻地点点头，爷爷说的话，我听进去了。当然，还有一个原因是延宇的出现。我握着延宇那小小的手，看着他笑嘻嘻的样子，并没有多喜欢。延宇对于我来说，像是个巨大的岩石，挡在了我的面前。即使徐正姬女士再次回到我身边，我也没有信心挤过延宇，站在她面前。还有，她看向延宇的眼神并不慈爱，甚至可以说是凶狠的，或许这也是让我放弃念想的原因吧。

徐正姬女士将她的行李箱扔进了汽车后备厢里，然后把延宇放在后车座上，狠狠地关上了车门。她离开前用愤怒的眼神看了看我和爷爷，随着汽车引擎声的响起，车子也渐渐远离了我的视线。从那之后，他们就再也没来过。那便是我记忆里的妈妈，徐正姬女士最后的样子。

如今回想起来坦然多了，但当时的感觉真的很煎熬，每到夜晚，都好像有种不明物体悄悄潜进我的房间，然后掐着我的脖子一顿乱砍。有好几次我都在想，是不是要这样死掉了。巨大的疏离感和委屈涌上心头，加上难以言喻的悲伤，这些情绪汇聚在一起，占据了我的内心。当这些情绪难以控制的时候，我就会做出一些出格的事情。比如我会用小刀去不断地切割橡皮和铅笔，一边切一边哭。小学五年级的时候，班主任老师可能觉得我每天闷闷不乐，便找了心理老师，每周约我进行一次谈话。即便每周定期和心理老师约谈，我也没有将我是一个被领养的孩子的事情说出来。

说起来，我是被领养的孩子的事，还是从徐正姬女士那里听说的。有一年冬天，徐正姬女士拿了一本关于领养孩子的绘本，讲给我听，然后模模糊糊地说：你是我从心里生的孩子。记不清那时我几岁了，只记得，我当时很不理解为什么孩子可以从心里生出来。还有，我当时并没有觉得，一个孩子从心里生出来是一件很温暖的事。

不知道是不是因为这些,每当需要我解释"我是被领养的孩子"的时候,我就会很难以启齿,嗓子莫名其妙地很痒很难受,还很想咳嗽。不过"隐瞒"这件事,做几回就熟悉了。什么时候该怎么说,如何转移话题,这些我已经驾驭得很熟练了。其实无法说出真实情况的原因,归根结底是我那无法言表的羞耻心。对我自己处境的埋怨和愤恨,以及背叛,随着这些情绪而来的是内心深处涌动的羞耻心啊。

我讨厌这种反复而来的复杂情绪。我渴望斩断过去的一切,不去回想过去,好似是个没有过去的人一样。曾经有一段时间,我好像真的摆脱了过去,开始了新的生活。我想如果不是因为徐正姬女士突然死亡的消息,我还会继续好好地生活着。

背后响起了吱嘎的开门声,之后传来了爷爷从楼上走下来的声音。爷爷穿着黑色的夹克,戴着米色的贝雷帽,看起来突然老了很多。不知道是不是头发掉得厉害,他在家也始终戴着帽子。爷爷环视着客厅和厨房,我知道爷爷是在找延宇。

"延宇在庭院里。"

爷爷想拉上夹克的拉链,拉了两回放弃了。他望向了庭院,看着延宇的眼神很沉重,随后便皱着鼻子干咳了起来。

"您是要出去吗?"

"去趟超市。"

"去超市?"

爷爷终于拉好了夹克的拉链,对我说:"我去买个书包。那孩子明天也得送去上学了。"

爷爷去乡下妈妈那儿整理遗物的时候,什么都没有带回来。

爷爷走向玄关,边走边说:"我会找延宇爸爸的。"

我看向了爷爷。我听懂了爷爷话里的意思。在找到延宇爸爸之前,延宇会在这里和我们一起生活的。

"午饭看着吃吧。"

"您不吃午饭了吗?"

爷爷没有回答。不过我知道,爷爷的意思是不吃了。爷爷从鞋柜里拿出了皮鞋和鞋刷。穿好皮鞋,他用鞋刷轻轻蹭了几回，皮鞋马上变得锃亮了。

爷爷站了起来，背对着我说："明天我要去旅行。"

"啊？"

"要去一个星期。"

"又要去吗？"

爷爷在三周之前也曾出去了一周，说是去旅行了。在那之前，他也曾离开过五天。但在这两次之前是从来没有过的。虽然爷爷在不在家，对于我来说差别不大，但这种时候说要出门，无论如何都不像是平常爷爷会做的事。

突然一种不祥的预感席卷而来。我想起了深夜里不止一次听到卫生间里传来呕吐的声音，那是爷爷发出来的。看着他消瘦的肩膀和疲惫的面庞，以及这段时间突然严重的脱发，这一切都预示着爷爷的身体情况并不是很好。

爷爷手撑着膝盖，艰难地站了起来。

我问爷爷："您是不是哪里不舒服？"

铝制门板发出了刺耳的吱嘎声，爷爷走出了玄关，对我说："给你的储蓄卡里存了钱，记得按时送延宇上学。"

爷爷没有回答我的问题。他的话好似告诉我不要瞎操心、不需要多管闲事一样。我也没有觉得遗憾或者难过。我乖巧地回答说:"是,爷爷。"

哐一声,爷爷关上了玄关的门。这是很熟悉的场景。每回爷爷都是哐一声关上大门,我的反应也是一如既往地平淡。

我本是想去厨房的,路过窗边时,回头看了一眼庭院。爷爷正站在延宇面前。我伸了伸脖子,突然很想看看爷爷对待延宇是一种什么样的表情。

爷爷的脸依旧很严肃。延宇好似很害怕的样子,不停地点头。看来爷爷对待我和对待延宇是一样的,我松了一口气。

爷爷走出了院子,坐上了路边停着的银色出租车,随后我听到了引擎发动的声音。

这个时间做午饭还有点早,家里还有吃的,也不用做新饭。冰箱里也有小菜,等下拿出来吃就可以了。厨房和客厅之间摆放着一个圆形的餐桌,我走过去坐了下来。餐桌上雕刻的图案映入了眼帘,这图案看起来就像一个笑脸一样。

延宇蜷缩着蹲在庭院里，拿着小铁棒使劲儿插着地面。他把下巴搁在膝盖上，前前后后地摇晃着身体。我想起了在火葬场时看到的延宇。那天他哭喊得撕心裂肺的。

延宇的妈妈——徐正姬女士突然死了，还是坠落在满是石头的干涸的小河里，头先着的地。不知道是因为醉酒了，还是运气不好，怎么就这么死了呢？爷爷叙述这件事的时候，满是疲惫。

我穿着拖鞋打开了玄关的大门。铝制的大门又发出了和地面摩擦的声音。延宇瞟了我一眼，继续玩着他的小铁棒。

"你饿不饿？"

延宇看了我一眼，缓缓地摇了摇头，然后低下头继续用铁棒捅着地面。

我感觉自己被延宇无视了，但或许这孩子的性格就是这样奇怪吧。

我双手交叉在胸前，低头看着延宇。延宇的侧脸可真像妈妈啊，我内心升起了厌恶的情绪。我讨厌妈妈徐正姬女士。无论如何，她也不能拿我当个玩具吧，养个几年再抛弃，那当初又何必收养我呢？迄今为止，这样的想法曾无数次地盘旋在我的脑海里。每次看到延宇的脸，我总是不由得想起她。

"等会儿我把午饭放在餐桌上，饿了就去吃吧。"

延宇没有回答。

算了，他爱怎么样就怎么样吧。我走进了房间，突然袭来了莫名的疲惫感。

透过卧室的窗户，我再次看向了延宇。看样子他一时半会儿是不会进来了。

看着延宇，我发现，好像和爷爷相处时我也是这样的。这种发现让我觉得顿时轻松了起来，对待延宇就像面对爷爷一样，保持一定的距离就好。更何况，延宇本来也是要离开这个家的。

我打开了房间里的电脑，想先听一节网络课程。我看了看时间，听完课再去弄午饭似乎也来得及。

3

午休时的教室并不安静。教室角落里有学生在跟着音乐跳舞,也有拿着手机在打游戏的,还有一些热衷于学习的模范生在拼命地刷题,当然,还有趴在桌子上睡觉的。

"和你差几岁啊?"

我的座位在窗边,朱峰面向我,跨坐在我前面的座位上,一边咬着棒棒糖,一边含糊地问道。

坐在旁边的美希擦拭着眼镜片,说:"不是说小学四年级嘛,大概相差七岁吧?"

刚刚聊到了早上送延宇上学的事情。延宇早上到校的时间是八点四十分,我七点五十分将他送到学校门口后,然后拼命往学校跑才幸免迟到。

朱峰拿着手机,左右大拇指不停地敲打着手机屏幕,难得用成熟稳重的语气对我说:"家里多了一个人可不是开玩笑的,你能适应吗?"

我一只手撑着下巴,望向了窗外。家里多了一个人,确实不是开玩笑的。每当看到延宇那张脸,我都会觉得很不舒服。埋藏在内心深处的记忆,好似穿过混凝土地面往上涌。

美希说:"他也蛮可怜的,才上小学四年级。"

延宇也的确可怜。妈妈的突然离世,让他受到了很大的打击。延宇就像一个坏掉的娃娃,毫无生气,也从不主动和我或者爷爷说话。我偶尔会看到他阴沉着小脸,直勾勾地盯着房间的一个角落,说不上这是种什么感觉,总之让人十分不舒服。

这时,朱峰的手机里传来了爆炸声、撞击声,还有不知道什么情况下发出的哐哐声,声音十分杂乱,听着就让人窝火。

我敲了敲桌子,斥责着朱峰:"你能不能专心一点?!要么聊天,要么打游戏,实在不行就专心地啃你那棒棒糖!"

朱峰磨磨蹭蹭地将棒棒糖咬碎了，又把手机扣上扔在了书桌上，然后十指交叉放在桌面，摆出一副认真的表情。

"你看，我选择了和你们说话。我是最讲义气的。朱峰和义气简直就是同音异义词。"

美希小声反驳："你想说的是同义词吧。真是每次说话都这么不靠谱。"

朱峰装作若无其事的样子，"哈哈哈"地掩饰了尴尬，然后左手抓住我的肩膀晃了晃："不管怎么说，辛苦了朋友。我们当中给父母办葬礼的，你是第一个。"

我打掉了他的手，挑了挑眉："把手放下，谁让你随便碰女生的肩膀了！"

朱峰举起了双手，像是投降一样，瞪大了眼睛委屈地说："我说朋友，不带这样的啊，你什么时候拿我当男生看了？再说就你这气质，我怎么拿你当女生看啊？你也太为难我了！"

我说："你知道吗，你从头到脚散发的都是兽类的气息。你每天一定要洗刷干净了，拜托了啊，一定要隐藏好自己的气味。"

"兽类？小汪？小喵？狮子？哈哈哈！我是大猩猩！"

美希看着耍宝的朱峰，也忍不住笑出声来。我也笑了起来。美希的笑声总是那么悦耳，就像夏日流淌的潺潺溪水一样，轻盈又灵动。朱峰看到美希笑了，自己也跟着咧嘴笑了。

记得在葬礼上，朱峰和美希都哭了。以朱峰的性格来说，哭一哭倒并不意外，我没想到的是，那天美希也哭了。我抱着美希安慰她说："我没关系的，我真的还好。"朱峰和美希站在灵堂里，跪拜了徐正姬女士的灵位，然后走出来又给爷爷行了跪拜礼。那时，即便是细心周到的美希，也哭得一塌糊涂，除了跟着朱峰行礼，根本无暇说什么安慰的话。

预备铃响了，马上就要上课了。

美希对我说："宥莉。"

我抬头看了看美希。

"你说我们要不要自己组一个社团呀？"

自组社团的申请期限只剩两天了。的确是要组一个社团的，毕竟今后写高中阶段的简历和大学入学申请书的时候都是有用的。

"组一个吧。不过听说自组社团最少要四个人。"我看向了朱峰,"喂,你也参加吧?"

不知什么时候,朱峰又拿起了手机,全神贯注地打着游戏:"不要。"

"你都不知道要组什么社团,就拒绝?!"

"总和你俩在一起,回头会很麻烦的。"

"什么?!"

朱峰一边打着游戏,一边嘀咕:"连社团都和你俩在一起,我很难在男生群里立威啊。"

我把头转向美希:"算了,不带他了。你说我们做些什么好呢?你有想法吗?"

美希抿着嘴,看了看我:"魔术。"

"魔术?"

美希的手工做得特别好,只要是动手做的东西,就没有美希做不好的。之前美希还学过一些小魔术,给我和朱峰展示过。

朱峰插嘴说:"要是组黑魔法社团的话,我参加。"

我皱着眉对朱峰说："要是组黑魔法社团，我第一个诅咒你。"

"好啊，你要是想诅咒我，就让你诅咒吧。"

我翻了个白眼："你是在开玩笑吗？"

"啊？你觉得这好笑？"说完朱峰也翻了个白眼，做了个吐舌头的表情，逗得美希笑个不停。我也笑了。

每天中午，朱峰和美希都会来和我一起吃午饭。我们做饭搭子也已经五年了。中学一年级，我们是一个班的。体育课上，老师要求两个男生和两个女生组队，一起完成一个舞蹈，我们因此被分到了一起。后来由于组里的一个男生转学，我们组的男生就只剩下朱峰了。大家是在得过且过的氛围中完成了体育课的作业，如果没有特殊的事情，大概一个学期过后，就不会有太多的交集了。

但是这时朱峰喜欢上了美希，并且以他愣头青的性格，竟然直接和美希说了。被朱峰吓到的美希纠结地和我说了这件事。我也蒙了，本来想说"想怎么办就怎么办啊"，却硬是没有说出口。我小心翼翼地对美希说："要不观察看看吧。"从那之后的三天，我和美希紧紧地盯着朱峰的一举一动,认真地想着下一步该怎么办。

美希将朱峰约在了操场边上:"朱峰,我觉得你人还不错。不过好像和我不太合适,你说话声音实在太大了。"

朱峰仰着头,望向了天空。下课了,操场上有很多同学,很吵。美希似乎很慌乱,紧紧地握着我的手。朱峰叹了口气,大方地说:"那就做朋友吧,做朋友没问题吧?又不是马上就要结婚。"美希看向了我,好像要确认我的态度一样,然后轻轻地点了点头。

从那之后,如果没有特殊情况,我们每天都会在一起吃午饭。而且为了能坐在一起吃饭,我们总会晚一点去餐厅。其实偶尔也会有合得来的朋友,不过在餐厅吃饭的时候却只有我们三个人。

美希和朱峰也清楚我那糟糕的家庭史。他们都以为我的父母离婚了,所以和爷爷一起生活。我也没打算说自己是被领养的事。再过两年,我就成年了,可以抛弃过去,重新生活了。

我生活里的词条只有三个——大学四年的全额奖学金、寝室费、就业前景。

只要满足这三个条件，说实话，去什么大学，读什么专业，对于我来说都无所谓的。我只想赶快和让我厌恶的过去说再见，然后独自一个人生活。我甚至想换掉自己现在的名字。等工作以后，可能的话，再去找找我的亲生父母。

不管他们想不想见我，我都要去见见他们的。无论是他们的生活富裕也好，窘迫也罢，我只想告诉他们——"抛弃了我，我也生活得很好。我只是想看看，生下我的父母是什么样子。"然后对着他们，冷漠地转身离开。

也不知道未来会是什么样子，但这样的场景，我曾不止一次在脑海里反反复复地想象着。这种想象是我的精神支柱，也是我用功学习的动力。这种想象使我能够坦然地面对爷爷的冷漠，也能正常地看着和父母在一起生活的同学们那幸福的样子。这种想象让我觉得自己并不是无耻地活着。

美希说："魔术是不是不太好？"

我有些为难地说："魔术是有点……"

"是啊，那做些什么好呢？"

"黑魔法！黑魔法！"咋咋呼呼的朱峰不停地嚷着。

我和美希都没有搭理他。我对美希说："你觉得阅读社团怎么样?写社团报告的时候也容易些。"

朱峰抢着接话:"这个我是真不喜欢。太枯燥了。怎么会有这么无聊的社团啊?"

"喂,你不是说会被男生孤立,不打算参加的吗?"

"咦,你什么时候看见我介意别人了?我爱干什么就干什么,还差一个人怎么办?"

美希皱了一下鼻子,轻轻地笑了笑:"宥莉,等下再商量吧。这节课是数学课,迟到就糟糕了。"

"有什么大不了的啊,顶多扣几分呗。"朱峰边说边匆忙地站了起来,"你倒是等等我啊!"朱峰追着美希走出了教室。

这时我的手机响起了短信提示音。我打开了手机——我放学了。

是延宇的短信。我竟然忘了要接延宇放学。这时我的脑海里浮现出延宇背着新书包,坐在学校椅子上的样子。忘记接延宇这件事,让我觉得有些难为情,脸竟不自觉地红了。现在是下午一点,可是我要上完第七节课,也就是下午四点才能放学。还有三个小时。

今天一大早爷爷就离开了，照顾延宇的人只有我。爷爷真的是去旅行了吗？我的心情很复杂。老师马上就要来了，我急忙回了短信——我四点下课。你先自己玩。

确定短信发送成功了。接着我看到了竟然还有五个070开头的陌生号码的未接来电，以及两个未阅读短信。

——因为徐延宇的事，给您打的电话。等待您的回复。

——因为徐延宇的事，给您打的电话。等待您的回复。

两条短信的内容是一样的。我突然有点慌了。我也不知道到底是什么样的情绪交织在一起，总之我担心了起来。就在我想延宇是不是发生了什么事的时候，老师推开教室门，走了进来。

4

一下课，我急忙给延宇的学校打了电话。接电话的老师说，延宇的班主任不在，他也不知道发生了什么事情。

我给延宇发了条短信，问他现在在哪里。

——在学校。

我继续给他发短信，问他具体在学校的什么地方。他没有回复我。我沿着道路边缘跑着，背着的书包不停地摇晃着，我紧紧拽住了书包带。四月初，下午的天气却还是凉飕飕的。吹来的冷风，有点冻耳朵。

延宇的学校距离我的学校有两个路口。他就读的小学周围有消防所、住宅、文化体育中心、绿色公园。经过这些地方，可以看到背着书包的小孩，骑着自行车的爷爷，还有从小商品铺子走出来的婶子。他们都穿得很厚实啊。

我想起了延宇的穿着。延宇穿着白色高领打底衫和一件绿色的夹克，这样的天气，这样穿确实有点薄了。跑着跑着，我离延宇的学校越来越近了，冻红的鼻子更是难受。想起早上沉默不语的延宇，我的心里也跟着难受了起来。跑到小学门口，我停了下来，双手撑着膝盖，喘了口气，然后直起了腰，用手擦了擦额头上的汗。

走进校门，穿过操场，看到了呈"L"形的建筑。这也曾是我的母校。真是既熟悉又陌生的地方。单杠和云梯的位置调换了，也新增了个摔跤场。正门旁边的花坛里种着迎春花和金达莱花。花坛下面种着的白玉兰花像是受伤了一样，之前开得越是娇艳，如今凋零得越是凄凉。

操场上穿着淡绿色球服的孩子们在踢着足球。我看了一圈，延宇并不在操场，想想比起打电话，还是发短信较好。

——在哪里了？

没有回复。我正想着要不给延宇打个电话，这时070开头的电话号码又打了进来。我急忙接通了电话，电话里传来的是男性的声音。

"喂？请问是延宇妈妈吗？"

我愣住了，一时不知怎么回答，结结巴巴地说："不……不是……"

对方也愣住了，自言自语道："打错了吗……"

我急忙回答："不，不是，我是延宇的姐姐。请问延宇呢？"

"姐姐？"对方重复了一声，"延宇，这是你姐姐的电话号码吗？"

从手机里隐隐约约听到了手机另一边的对话。我没有说话，拿着手机安静地等着。

"你好，我是延宇的班主任。延宇现在在教室里。很抱歉，能问一下您的年级是……"

"高中二年级。我现在马上去接延宇，已经到学校操场了。"

延宇的班主任用犹豫的语气说："你能来一下教室吗？四年级二班，在四楼。从中间的阶梯上来，然后往左侧走。"

我说马上就上去。然后我重新背好书包，整理了一下身上穿的校服。这里是我曾就读过的学校，但一想到因为延宇的事要再次走进教室，我的嗓子突然干痒了起来。

老师为什么叫我上去呢？

一步一步踏着阶梯，越来越心神不宁。终于走到了挂着四年级二班门牌的教室门口。教室里传出了男老师的说话声。我深呼了一口气，推开了教室门。

教室里的空气很温暖。延宇坐在教室前排的座位上，吃着炒年糕。我走进教室，延宇好似没看到一样，毫无反应。延宇拿着不锈钢小叉子，叉着年糕一口一口地往嘴里送。我望向窗边。延宇的班主任坐在窗边，正在打电话。他向我挥了挥手，用眼神示意我随便坐。我怯生生地在教室门口脱下运动鞋，走了进去。我犹豫着要坐在哪里，后来索性坐在隔着延宇两个座位的椅子上。延宇仍是无动于衷，看来是拿我当透明人了。

我心里想：我也是这样的吗？从葬礼回来以后，除了必要的情况，我几乎没有和延宇说过话。其实也不是故意不说话的。只是这个家，向来就是这样。家里安静到在二楼播放电视的声音，在一楼也能听得清清楚楚。爷爷和我，可以说是在一个空间里,各自过着各自的生活。不知道延宇是不是也适应了这种生活,周末他也只在自己的房间里。有一次,我打开了延宇的房门,问他:"你在干什么?"那时他也没有抬头看我一眼。

"你是延宇的姐姐吧?"

延宇的班主任结束了通话,站了起来。我也连忙站了起来,低头向老师敬了礼。延宇的班主任看起来四十多岁,戴着黑框眼镜,穿着一件黑色连帽马甲。

班主任对延宇说:"延宇,炒年糕好吃吗?"

延宇抬头看了看班主任,点了点头。班主任从书架上抽出了一本漫画书递给了延宇。

"延宇,老师和姐姐聊一会儿,你在这里稍等等,可以吗?"

延宇又点了点头。

延宇的班主任带着我去了走廊尽头的办公室。推开玻璃门,看到办公室里面有茶桌、冰箱、洗刷台,还有电脑桌。办公室里没人。延宇的班主任让我坐在椅子上,然后他坐到我的对面。老师拿出一个线圈笔记本,上面密密麻麻地记录着一些什么。他翻到空白页，说想了解一下延宇的情况。我咽了咽口水，点了点头。无论老师问什么，回答起来都会让我感到很窘迫。

延宇的班主任说，延宇今天在学校表现还不错。一般转学生会将自己以前用过的教科书带过来，但是延宇今天没有带书，老师将教师用书借给了延宇，希望我帮延宇配一套教科书。老师看着我说："如果有困难的话，教科书的事我会帮着想想办法。"

延宇的班主任反复说着类似的话："如果条件不允许的话……如果不方便购买的话……如果有我不了解的情况的话……"我低头悄悄地看着我的手掌心。在延宇班主任停下来时，我尴尬地笑了笑。

"老师，是不是延宇身上有什么问题？"

延宇的班主任眨了眨眼，用手捋了一下头发。

我接着说："老师，您直接跟我说没关系的。我也把延宇的情况告诉您。"

延宇的班主任的表情有些复杂，他小心翼翼地开了口："今天，延宇来学校，没穿袜子。"

"没穿袜子?"

我的脸红了起来。

"偶尔也会有转学第一天没带教科书的孩子。不过……没有转学第一天自己来学校的。"班主任老师继续说,"还有,延宇是第三节课才进教室的。午餐也基本没吃。"

我的神色有些慌张了起来。第三节课已经是十一点了。我将延宇送到学校的时候才七点五十分。

"学校保安人员把延宇送来的。保安人员说延宇当时在学校教具仓库里坐着,就领他来了办公室。刚开始我们也不知道延宇是谁,正打算联系派出所报案……"

我瞪大了眼睛:"向派出所报案?!"

班主任一副了然的表情。

"了解了所有班级的出勤情况后,我们发现延宇并不是在校生,这样的情况是必须要报案的。你也别误会,这是正常程序,是为了避免是失踪儿童。本来是要给派出所打电话的,这时延宇从书包里拿出了入学通知书,上面写着转入四年级二班。"

我感觉到太阳穴一跳一跳的。按照老师的话,今天延宇的出现给学校制造了不小的混乱。我想起了中午的未接来电和短信，低头对老师说了声："对不起。"

延宇的班主任说："没关系的，事情弄清楚就好了。当时只是为了确认一下身份。还好没有发生什么意外。不过，还有件事……"

我心里一惊："还发生了什么事吗？"

延宇的班主任抿着嘴"嗯"了一声："不知道是不是因为今天是转学的第一天，延宇一直不说话。总之，感觉延宇和其他孩子不太一样。"

延宇并非不会说话。虽然他没有和我说过话，但我见过他和爷爷有过简短的对话。

"就连姐姐的电话也是好不容易才要到的。问了好久延宇也不回答，最后他将你的电话号码写在纸上递过来。所以我们都以为他写的是妈妈的电话号码。延宇是有什么特殊的情况吗？"

我抬起了手，摸着额头上的伤疤。我低下了头。

我对延宇是不熟悉的，更谈不上了解。更何况，他和我也没有血缘的牵绊。如果说我俩的关系是拥有同一个妈妈，解释起来也很复杂。

我抬起了头,对延宇的老师说:"上周我妈妈去世了。葬礼也办完了。延宇是三天前搬来这里的,现在和爷爷还有我一起生活。"

延宇的班主任有些惊讶地"啊"地感叹了一声,然后用同情的眼神看向了我。这种眼神好像要从我脸上寻找悲伤似的。

"那你们的爸爸呢?"

"爸爸?"

我一时语塞。这时候,其实把事实全盘托出就可以了,但我还是感到了羞耻。

"我也不知道延宇的爸爸是谁。"

"啊?!"

这回轮到延宇的班主任不知所措了。

"老师,我家的情况有点复杂。"

延宇的班主任安静地看着我,然后小心翼翼地、语气轻轻地说:"那你是……他的……亲姐姐,对吗?"

我咬紧了下嘴唇。这时我的心情很是烦躁。我也不知道要从哪里开始解释了。

"我也不知道。"

"啊?!"

我重复说着诸如"我们家的情况比较复杂"此类的话。这期间我一直低着头。

说实话,我很难把头抬起来去看老师的表情。延宇的班主任可能一时半会儿也不知道该说些什么了,办公室里安静得能听到他咽口水的声音。延宇的班主任脸上露出了思索的表情,可能在考虑这种情况应该怎么处理吧。我想起了爷爷冷漠的表情。我被延宇的班主任的表情给触动了。这虽然与我内心的想法毫不相干。

延宇的班主任安慰着说:"延宇是个稳重的孩子,今天刚转校,虽说是四年级了,但也才刚升班,还是小孩子呢。"我默默地听着。延宇的班主任老师突然站了起来,说:"你等我一下。"然后他匆忙走出了办公室。

我独自坐在办公室,抬头看了看刷着白色油漆的墙面。墙面上有一道闪电形状的裂痕,满目凄凉与无奈。熟悉得不能再熟悉的感受,再一次涌了出来。

我拿出了手机，在收藏夹里找出了保存的大学校园网站。打开网页，画面呈现的是大学生青春洋溢的笑容。我想，这张照片应该是在阳光很好的日子里拍摄的吧。看看他们抱着厚厚的书本，上扬的嘴角和自信的表情，还有那满是笑容的脸上露出的洁白牙齿，多么让人动容啊。我用手指放大了照片，细细地观察着他们穿的衬衫和裤子，雪纺衫和短裙上的图案，还有他们的发型。然后继续浏览了学校的奖学金评定标准和图书馆开放时间，以及宿舍管理章程。

两年。再坚持两年就好。等过了今年和明年，我就高中毕业了，那时就能离开这个家了。明年无论考上什么大学，我都是要离开这个家的。

走廊上传来了脚步声。办公室的门被打开了。延宇的班主任拿了四张打印的纸张，递给了我。

"这是学校托管班的申请表。补充材料是让提交父母的在职证明，那个你不用管，空着就行。这张是放学后的特长班申请表。虽然过了申请期限，不过别担心，我会想办法。还有，这张是早上的托管申请表，如果延宇早上来得早，七点到九点这段时间，学校是可以帮忙看护的。最后这张是家庭调查表。你把家庭关系和家庭住址、电话号码写上就可以了。然后，这边有专门负责我们学校的社区工作人员，我跟他们联系一下，你觉得怎么样？"

我神情呆滞地看着我面前的申请表。延宇的班主任看着有些失神的我，慢慢地说："是不是一下说的内容太多了？"

我艰难地挤出了个笑容："不是的。谢谢您。我马上填写。"

延宇的班主任在我面前放了一支油性笔，然后对我说："写好了就到四年级二班的教室吧。我去看看延宇，你不用担心。"

延宇的班主任走出了办公室。我深深吸了口气，鼓起腮，又吐了出去，拿起笔写了起来。申请表上需要填的地方都填好了，该做的也都做了。这些事其实和做家务没什么不一样的，就像吃饭的时候多盛一碗饭一样，算是顺手的事儿吧。

5

我带着延宇离开了四年级二班的教室。下楼梯的时候,我看到了走在前面的延宇那有些短了的裤脚下面青紫的脚踝骨和干瘦的小腿。早上出门的时候,我怎么就没注意到呢……

延宇放慢了脚步。走着走着,他竟然落后了十多步。我站在原地,等着延宇走过来。已经下午五点多了,街道上行驶着校外培训学院的校车。延宇走了过来,抬头望着我。

我看着延宇问:"你在学校,为什么那么做?"

延宇认真地看着我,眨了眨眼。

"在学校为什么不说话?!"我的语气有些冲了。其实我并不想这样的。

延宇为难地低头看着人行道上的地砖图形。他的脸上似乎闪过一丝忧郁。我叹了口气。无论如何，延宇还是个孩子，是一个刚刚失去妈妈的孩子。我有些懊恼，刚才说话太着急了，慢慢说就好了。

我弯下了腰，平视着延宇的脸。延宇目光涣散地看着地面，也不知道在看什么，抑或是在想些什么。应该是看着地面和我的运动鞋吧？也不知道刚刚在教室，这个小孩哪里来的勇气，竟然可以淡定地吃着炒年糕。我又问了一遍刚才的问题。

"在学校为什么不说话？"

延宇动了动嘴角，好像想要说什么，又有些踌躇的样子。我后退了一步，直起了腰。延宇抬头看着我，慢慢地开口说："你是谁？"

"什么？"我一时愣住了，想要说的话也咽了回去，身上竟有一丝凉意。这是延宇真正所疑惑的吧？他在问我是谁。我张开嘴巴，竟也说不出话来，索性就闭了嘴。

延宇真的不知道我是谁。想想延宇的处境，也不是不能理解的。我知道延宇的存在，但延宇确实不知道有我这样的存在。按照爷爷的性格,他也不会对延宇刻意去说明我是谁。我也从来没有对延宇说过我是谁。在延宇看来,我是一个在葬礼上初次见面的陌生人。

"我是……"我张了张嘴,但还是犹豫了。

"我是爷爷的孙女。"这话没错吧,我是爷爷的孙女。

"你是爷爷的孙子。"我伸出手,指了指自己,又指了指延宇说,"所以,我俩算是姐弟,嗯,就是这种关系。"

"我们是姐弟吗?"延宇好像没有听懂一样,瞪着大眼睛,抬头看着我问,"那你是妈妈的女儿吗?"

我望向了天空。这会儿我并不想看延宇,也不想说话。

这些复杂的情绪都是有原因的。

"所以说,我的妈妈和你的妈妈是同一个人,但是我们的爸爸不一样。"

"我没有爸爸。"

我顿时感觉有点气结,这样的对话本身就是个问题,任何说明都显得毫无意义。如果想要将我和延宇的关系说得明明白白,不知道要一个个地去解释多少个问题。何况延宇有没有爸爸,他的爸爸是谁,都不是我想知道就能知道的。

延宇的妈妈曾经是我的妈妈,但又不是我的亲妈妈。我连自己的亲生父母在哪里都不知道。不过,有一点似乎没错,我也算是爷爷的孙女。抚养关系还存在着呢。我不觉噗笑了一声,延宇想必是不能理解这种复杂的关系吧。我捋了一下头发,看向延宇说:"你叫我姐姐就行。"

延宇抿着薄薄的嘴唇,转了转下巴。看着延宇面无表情的脸,我有点尴尬,也有点庆幸。这样相处看起来也还好,至少没有语言障碍。如果面对妈妈突然死亡的情况,我们还是若无其事的样子,反而奇怪吧。

这让我想起了小的时候。无论怎么难过,时间还是像小火车一样,呜呜……咔嚓咔嚓地流逝着。过了早上,中午,下午,之后就是晚上。每天都这样,不停地反复着。上学以后,应付忙碌的校园生活,见见朋友,不知不觉中适应了我本来难以接受的生活。这让我重新审视了一下我自己的生活,也从中学会了如何让自己少受到一点伤害,慢慢地开始计划着自己的未来。

我偶尔也会无缘无故地难过。有时黑暗像毒气一样侵蚀着我,可那又怎么样呢?心情又不是想换就能换的,我也没那个条件。延宇也会像我一样吧，无论怎样，都会活下去的。可能比其他孩子辛苦一点，这也是没有办法的事。这就是现实啊，除了看清现实，别无他法。

我低头看向延宇。一阵风吹来，将延宇的头发吹了起来。我瞪大了眼睛。延宇头上这是什么？我在延宇头顶左侧一点的位置，看到了硬币般大小的椭圆形的红印子。

"你的头怎么了？"

延宇急忙用手遮掩头顶。延宇遮掩的动作很快，快到好似手被火烫了一样，看他的样子，再继续追问，恐怕他也不会有什么回答，反而会跑掉。其实我看到的是已经化脓的红红的伤口，那块头皮没有头发，看起来像头上有个洞。

我退后了一步，双手揣进了夹克服的衣兜里。延宇看起来像只受伤的小野兽，有点让人心疼。伤口等一下再说吧。我转身向公交站走去。走了几步，也没见延宇跟过来，我回头一看，延宇还在那里站着，看向马路上来来往往的车辆。我随着延宇的视线，看到了一辆警车。延宇看到警察好像有种退缩的样子，真让人看不上，有点不像个男子汉。

我提高了嗓门，大声喊："不走啊？"

延宇这才看向我，跟了过来。

回到家，我开始准备晚饭。延宇回到家以后，就进了自己的房间。我看了一下时间，离吃晚饭时间还有点久，但不知为什么，我的心情有点复杂，总感觉需要做些什么分散一下注意力。我拿出了小锅，放了勺小银鱼，倒了点水，打开了火。然后又切了点莙荙菜，剥了两头大蒜。水烧开了，我把小银鱼捞了出来，放上大酱、大蒜和莙荙菜，把火开到了最大。电饭锅正在煮着米饭，趁这个间隙我收拾起了厨房。没过多久，传来了米饭煮好了的声音。我从橱柜里拿出了两只饭碗放到了小圆桌上，又将泡菜和炒好的小银鱼装进了小碟子里。这要是平常，也就这样简单地凑合着吃了。

我犹豫了一下，打开了柜子，拿出了一盒火腿，然后从冰箱里拿了两个鸡蛋。就在这时，放在料理台上的手机响了一下，是来短信的声音。手机画面上显示了信息，是朱峰发来的。

——干吗呢？

我拿起手机，回复了消息。

——做饭呢。

——我也饿了。

——饿了就吃。

我把手机扣在了料理台上,往煎锅里倒了点油,将切好的火腿裹了一层鸡蛋液,用煎锅煎了起来。煎火腿的香气好似将我乱糟糟的心情抚平了一般,有种呼吸顺畅的感觉。我喜欢煎东西的时候发出的吱吱声,好像下雨天能听到的声音一样,有时还会想着要不要把这声音录下来。就在煮着的汤也要好的时候,手机短信铃声又响起来。这回是美希。

——宥莉,你知道世润吗?你们班的李世润。

算是知道吧。世润可以说是班里极少数的模范生,休息时间他也会安静地背单词。我和世润以前也是同一所小学的,但要说认识,也有点勉强。

——怎么了?

——课外社团我们一起做可以吗?

——要世润和我们一起?!为什么?

朱峰的短信来了。

——美希推荐的。

美希推荐了世润参加我们的社团？我眉毛一侧翘了起来。美希除了对我和朱峰以外，从来没有主动和其他人说过要一起做什么。更让我意外的是，她推荐的竟然是世润。世润连吃午饭的时候，都是自己一个人安静地坐着享受美食。我好像从来没见过世润和谁走得近，可以说他是主动自我边缘化的特立独行的人吧。

世润不仅字写得好，就连学校素质测评时提交的美术作品，创作水平也很不一般。在同学中相传，世润的全科成绩都是一等级的。相反，朱峰的国语和数学成绩，都在六等级，这么糟糕的成绩朱峰却毫不在意，也从不隐瞒。美希没有说过自己的成绩怎么样，其实她小学时和我的成绩差不多，到了中学以后，感觉美希的成绩进步了很多。我的学习目标是全科成绩拿到二等级，但经常达不到标准，因为总是力不从心。如果能和世润组成一个课外社团，似乎也没什么不好的。

——世润加入也不错啊。准备做什么社团？

美希很快回复了过来。

——正讨论呢。朱峰想做时事讨论类的,我不太喜欢……

——那个我也不喜欢。行吧,等回头再说。

我把煎好的火腿放到了餐桌上,喊了延宇。延宇安安静静地走了进来,坐在了饭桌前面。我坐在延宇的对面。延宇的表情看起来很阴郁,直勾勾地看着饭桌。是之前吃了炒年糕,所以不饿?我语气不太好地说:"赶快吃!"

延宇抬了抬头,偷偷看了看我的脸色。

"给你做的,吃吧。"我把煎火腿向延宇推了过去。

延宇看向煎火腿,眼睛都亮了。这会儿才让我感觉到延宇像个孩子。

他用蚊蝇般细微的声音说:"谢谢。"

饭桌上拘谨的延宇,让人看着不舒服。这是你的家啊,你又是爷爷的亲外孙。我只是想了想,这些话却并没有说出口。

延宇用勺子盛了一碗米饭,然后夹了一块煎火腿,放到了米饭上面,然后挑了一片泡菜叶包住了米饭和火腿,一口塞进了嘴里。看他满足的表情,想必即使在学校吃了炒年糕，这会儿也还是饿了。

看到延宇吃饭的样子，我不由得松了口气："学校怎么样？"

延宇想了一下，边吃边说："挺好的。"

延宇好像很爱吃火腿，已经吃了五块儿。但看着延宇用餐具的样子，总觉得哪里不太对。我仔细观察了一下，延宇把筷子都扭成了"X"形，就像用剪刀一样，难怪看起来别扭。勺子也被延宇抓得很奇怪。我差点儿就问出口："难道妈妈没教你用勺子和筷子吗？"好在忍住了。

我拿起了勺子，对延宇说："这么拿勺子。"

延宇看了看我，然后学着我的样子，重新拿起了勺子。

"你别总在房间里不出门，你看那前面就有游乐区。"

延宇抬起头，然后扭头向窗外望去。看着此时的延宇，我怔住了，我把拿起的筷子放了下来，延宇白色的衣领里面似乎有深红色的印记。之前延宇穿着高领的衣服，我并没有注意到他的情况。想起他头顶的伤口，加上脖子上的印记，突然我有种不太好的感觉。看着他静静地望向窗外的表情，总觉得有点落寞。突然，延宇的脸一怔，惊慌地眨了眨眼，还咽了咽口水,好像看到了可怕的事儿似的。

我转头顺着延宇看着的方向瞅了过去,家门口停下了一辆警车。

车门打开了,下来了两个警察。一位男警官观察着周围的环境,女警官拿着手机,然后抬头看看我家,似乎在确认信息。不知道为什么,明明没有做错事,也没有触犯法律,我的心脏却扑通扑通地跳得厉害。

我自言自语地说:"是警车啊。"

延宇转了过来,和我对视着的双眼明显闪烁不定。

6

警察推开了大门,伸头探脑地望了望,然后走进了院子。我急忙穿过客厅,走了出来。半透明的玻璃窗上映着警察的身影。我在玄关门口听到了他们的对话。

"是这里吗?"

"对,地址是这里。"

"怎么连个门铃都没有?大门也敞着。"

"咚咚。"

玄关响起了敲门声。我大声地喊道:"是谁呀?"

这时传来了女警官的声音。

"我们是警察。请问这里是徐延宇家吗?"

我回头望向了延宇。延宇坐在饭桌前,一动不动。一种不祥的预感再次油然而生。我有点担心会不会是发生了我没办法承担的事情。我大声问:"请问有什么事吗?"

"徐延宇同学在家吗?我们有些需要调查的事情,想和徐延宇同学聊一聊。"

延宇仍旧一动不动地坐在饭桌前。我有点蒙了,是要像电影里演的一样,问问他们有没有拘捕令吗?

"咚咚咚。"又响起了敲门声。

我打开了门。警察看到我,露出了亲切的微笑,然后轻轻侧了侧身子,看向我身后。

"是要做什么调查吗?"

女警官看着我,表情有些纠结地对我说:"你们的爷爷是叫徐亨浩吧?我们跟你们的爷爷联系过了,他说这个时间过来,你们会在家里。"

我点了点头。男警官往里看了看,看到了坐在餐桌前的延宇:"那是延宇同学吧?"

女警官轻轻地对我说:"我们可以进去吗?我们就问几个问题,不会耽误太久。"

我将两位警官请了进来。

警官对站在餐桌前不知所措的延宇挥了挥手:"你好,你是延宇吗?"

我借机跑去给爷爷打了个电话。按理说在让警察进来之前,我就应该先给爷爷打电话的。结果刚刚太过惊慌了,这才想起来给爷爷打电话。

电话通了,我向爷爷说警察来家里了,爷爷什么也没说。从爷爷的手机里传来了广播的声音,很明显并不是旅行时会有的声音。但此时,我也无暇顾及其他:"爷爷,警察来了,没事吗?"

我本来想问问爷爷,是不是需要联系律师之类的,但没说出口。眼前的情况似乎也不需要律师,即使需要律师,我们似乎也没有多余的钱支付聘用律师的费用。我担心自己出现失误,额头渗出了汗。

"等和延宇聊完,就送他们离开吧。"爷爷挂断了电话。

原来爷爷真的知道这件事。我多少有点放心了。我把沙发上面的衣服和书本收了起来,然后请两位警官坐在沙发上,不过他们还是坐在了地板上,等着延宇。

延宇踌躇着从卧室走了出来。我和延宇坐在了两位警官的对面。虽然爷爷在电话里说没关系,但我还是没办法完全放松警惕。两位警官向我们做了详细的自我介绍,我也大大方方地说了自己的名字。

女警官对我们说:"我们是加平郡警署女性与青少年组的。"

"您是说加平郡?"

延宇和妈妈就生活在加平郡。

警官看了看我和延宇:"有件事必须要当面询问一下……是与徐正姬女士死亡相关的事。"

"这……"我不可思议地瞪大了眼睛。我听说徐正姬女士是因事故去世的。但因为酗酒从桥上摔了下去,这样的事故警察是没有理由找上门的。

"是这样的,我们在整理线索的时候发现有不寻常的痕迹。解决这些问题,确定死亡原因是我们的职责,所以……"

我看了看延宇。在延宇面前说"不寻常的痕迹""确定死亡原因"这些词,我觉得不太合适。延宇脸色苍白,低头抠着手指。我对警官说了声抱歉，然后让延宇到房间回避一下。延宇安安静静地走了进去，轻轻关上了卧室门。"您说的是什么意思？不寻常的地方是什么？难道不是意外事故吗？"

"我们一开始也认为是意外，不过后来发现了其他线索。"

"其他的线索指的是什么？"

女警官说："徐正姬女士死亡以后，我们从附近的监控摄像里发现了……这怎么说才好呢……"

这时男警官接了话："摄像里出现的场景，很难判断是不是意外身亡。"

"什么？！"

"一般发生这样的事情，警察会向周边邻居询问调查，会详细了解一下徐正姬女士是什么样的人，还有人际关系怎么样之类的。从调查的结果来看，延宇和他的妈妈关系并不怎么好。"

"这……延宇只是四年级的小孩子。难道因为和妈妈关系不好，就胡乱猜测，怀疑延宇吗？"

两位警官对视了一下，又看向了我。女警官放慢了语速，对我说："延宇的妈妈，似乎经常打延宇，延宇没少遭罪吧？"

我想到了延宇头上的伤口和脖子上的暗红色印记。

"桥上的监控摄像记录下来的也是那样的场景。金警官，具体的时间是3月28日0点20分，对吧？"

警官向我说明了那天的情况。

3月27日晚23点，延宇在公交车站旁边的便利店里偷拿了一块巧克力。便利店的店长抓到了延宇，然后给徐正姬女士打了电话。听说延宇有过几次偷拿东西的事情。徐正姬女士在23点50分左右到了便利店，付完钱，带着延宇离开了便利店。

两个人再次被监控摄像拍到的时间是半个小时以后，在河沟桥旁边。从监控视频里可以看到，从上桥开始徐正姬女士便开始殴打延宇。徐正姬不知道从哪里捡来了树枝，用树枝抽打延宇，并且拳打脚踢，一直殴打到桥的中间位置。在桥中间两人扭到了一起，徐正姬往后掉了下去。问题出现在这之后的画面上。徐正姬并没有完全掉下去，她把住了栏杆，站在外侧向延宇伸出了双手。延宇伸手推向了徐正姬女士。徐正姬身体使劲儿向前靠着，当她用脚踹向延宇的时候，重心不稳，坠了下去。

我不知不觉双手紧紧捂住了嘴巴，脑袋里一片空白。

"不管怎么样，这是意外。这是意外事故，不是吗？"

男警官表情有点为难地说："目前来看，还没有办法完全下定论。因为视频里可以看到，延宇推了徐正姬女士，有可能是这个举动导致徐正姬女士坠桥……"

"什么？！"我有点失控地喊了出来。我也被自己的声音吓了一跳，我真的害怕从警察嘴里听到更多的让我接受不了的事情。

我抬头问："爷爷知道吗？"

"你爷爷前天来过警察局，调查内容也详细地说给他听了。之后他还看了监控视频。其实早在葬礼的时候，我们就联系过你爷爷，询问过尸检需不需要申请进行复检。当时你爷爷直接拒绝了。"

"其实这并不是事情的全部经过。在徐正姬女士坠桥之后，延宇回到了栏杆旁边，从桥上望向了掉下去的徐正姬女士。之后延宇才离开了那里。经过法医判断，徐正姬女士并非当场死亡，而是经过了一段时间以后才失去了生命体征的。"

我的身体忍不住颤抖了起来。我觉得警察好像有充分的理由怀疑是延宇杀害了徐正姬女士。我组织着语言，结结巴巴地说："是吓的吧，一定是吓坏了。延宇才四年级，而且是前两天才刚从三年级升到四年级的。别说是延宇了，换作我，也会吓跑的啊，根本想不到要打119求救的。"

"是啊，我们也是这么认为的。延宇还是孩子，而且徐正姬女士虐童事件也是事实。学校也怀疑过延宇的家庭情况，并且试图对延宇进行心理辅导。这件事确实是需要我们确认的。因为延宇已经满十周岁了，属于触法少年的年龄，这种情况只能通过少年保护审判来进行判决了。"

"触法少年""少年保护审判""虐童"，这些词语让我无所适从。这时女警官站了起来，招了招手说："延宇。"

我转过头，看到了门口一脸惊慌失措的延宇。

7

两位警官结束了询问，走出了玄关。我跟着跑了出去，问了问这件事最终会怎么处理。

"我们会将调查资料递交给少年法院。至于最终结果，就要看法官怎么审判了。"女警官安慰着说"不用太担心，延宇毕竟还小，法官会酌情审判"之类的话。然后还说，即便是被判定为故意伤害罪，也不会有刑事处分的。

我说延宇不可能是故意的，他们却模棱两可地说希望有好的结果。

我把两位警官送到大门口，看着离开的警车，心情复杂地鞠了个躬。回到了院子里，我看到了藏在卧室窗帘后面的延宇。打开玄关门，我还没走到客厅，就听见了卧室关门的声音。

我背靠着玄关门,静静地站了一会儿,然后走进了厨房。餐桌上还放着吃剩下的饭菜。这会儿我怎么也吃不下去了。我将延宇的饭菜留下,把其他的都给收了起来。不知为什么,总觉得他额头上的疤痕在蠕动。

面对警察的询问,延宇支支吾吾的,并不能完全进行回答,偶尔会摇摇头或者点点头。警官们点头表示很理解延宇的情况,但该问的问题似乎一个也没落下。"延宇是不是推了妈妈?为什么呢?""延宇有手机吧?怎么没想到要打119呢?"延宇张着嘴巴,却说不出话来,只是不停地颤抖着。警官们一边哄着延宇,一边重复着这些问题,最后延宇失声痛哭起来。

我一只手扶着洗菜池,一只手按着太阳穴,头疼得眼睛都跟着涨了起来。我咬紧牙,但仍然忍不住发出了呻吟。我慢慢走向卧室,打开抽屉拿出来两片止痛药,塞进了嘴里,喝了口水咽了下去。我的额头上沁满了汗珠,浑身上下控制不住地抖着。

今天的一切都是猝不及防的。这些让我无法承受的事情蜂拥而至。我的精神世界仿佛被塞进了齿轮里,一下下被碾轧得支离破碎。十年了,没有见过妈妈,也没有她的任何消息。如今她却不在了,我参加了她的葬礼,还去了火葬场。然后延宇来了。送延宇去上学,被延宇的班主任老师叫去谈话。如今警察也来了,因为延宇涉及妈妈的死。

徐正姬女士的死亡,好似扣动了扳机。曾经千方百计想回避的问题叮咣一下向我砸来,让我无法逃避。从目前的情况来看,延宇的事好像并不会马上有结果。那么,明天早上还是要面对延宇,放学也还得去接他。明天放学以后还需要确定课后的托管课程。延宇在学校有可能会出现意外,也有可能会生病。如今家里情况这么复杂,可爷爷却出门了。

厨房排风扇的声音让人烦躁,我抬头看了一眼,不知不觉天要黑了。我打开了厨房灯,头顶上的荧光灯散着模糊的白光,荧光灯两侧黑色的印记好似两个大洞一样。

我应该是发烧了,很想马上去床上躺一躺,不过想了想,还是得去看看延宇在干什么。我敲了敲延宇的房门。里面没有传出任何声音。我用力地又敲了两下:"延宇。"

仍旧是没有回答。

"延宇,开门。"

房间里好像没有人。我打开了房门,扑面而来的是一股凉气。地板上铺着红色被子,角落里叠放着延宇的衣服。窗户是开着的。我担心延宇躲在了柜子里,查看了一下,并没有。延宇不见了。

我走到窗前,向着窗外的院子大喊:"延宇!"

延宇也不在院子里。我急忙跑到了玄关,延宇的白色运动鞋不见了。如果从玄关走出去,大门会发出吱嘎的响声。看来延宇是偷偷拿着运动鞋,从房间的窗户跳出去的。

到底去哪里了……

我拿出了手机,拨通了延宇的电话。电话铃声从延宇房间里的被褥下面传了出来。我又生气,又委屈,胸口堵得难受,莫名地想哭。我深吸了一口气,强压下怒火,不停地告诉自己要冷静。我拿起了外套,走了出去。

路灯陆陆续续亮了起来。这里是老式的两层小楼,每户都用一个小围墙相连,很安静。望向远处,可以看到城市的大厦和高层住宅,相比这里要繁华很多。相反方向的尽头,路的左边是一座山,右边围着小溪,有一条可以散步的小路和一条公路。

我选择了通往市中心的路。我边走边找,仔细地看了看小区游乐场和胡同里有没有延宇的身影。"延宇!延宇!"我大声地喊着他的名字。不知从哪里传来了狗叫声。我给爷爷打了电话,爷爷没有接。通往市内的路上一个行人都没有,透过远处的透明隔音墙,可以看到高速公路。高速公路上挤满了闪烁着车灯的汽车。

我心里嘀咕着:"这不是我的责任……尽力就好……"

即便这样,我也没办法抑制焦躁的心情。我加快了脚步,不知不觉地在人行道上奔跑了起来。公交车、卡车、面包车接连而过。我跑过了工地和公园。花坛旁边的小区很安静,但还是没有延宇的影子,我是不是该拨打112报警呢?不然找朱峰和美希来帮我找延宇?我再一次拨通了爷爷的电话。这次依旧是无人接听。

我跑到有气无力,浑身颤抖。我慢慢停下来走了十几步,跑了这么多地方都没有找到延宇,看来我找人的方向错了。或许延宇已经回家了呢。有没有可能一开始延宇就没有离开家,悄悄躲在了二楼爷爷的房间呢?我给家里打了电话,没人接听。我抬头看了看天空,天空上挂着零零散散的星星。我吐了口气。我的脸上流着汗,额头上感受到阵阵吹来的凉风。

"宥莉?"胡同里传来了熟悉的声音。

是高香淑老师。高老师穿着运动服,手里握着牵狗绳。小狗跑到了我脚底下,转着圈仔细地闻着。这是一只青灰色的小狗。我很喜欢小狗,但现在这种情况,我没有心情去理它。我赶忙向老师低头行了礼。

高老师问我:"这个时间,你在这里干什么呢?"

我犹豫了一下,回答道:"我在找弟弟。"

"找弟弟?发生了什么事吗?"

想要解释又无从说起。我叹了口气,对高老师说家里的情况比较复杂,很难一下解释清楚。高老师说:"那就一起找吧。"然后看向周围,对我说,"你弟弟是小学生吗?"

我点点头说是。

高老师用食指揉了揉太阳穴,对我说:"刚刚在公园那边看到了一个小男孩。"

"在公园？"

高老师说刚刚在公园看到长椅上坐着一个小男孩。她看这么晚了，担心孩子独自在没有人的公园里有危险，便走过去搭话。可是男孩一句话也不说。

高老师看到的男孩不知道是不是延宇。我和高老师向公园走去。

这期间，高老师并没有向我追问家里的情况和延宇的事，只对我说，她养的小狗叫"托里"，她家也住在附近。说来高老师家离我家还真不远。我们小区后面的山脚下有个韩餐馆，韩餐馆上面有四间小公寓，高老师就住在那里。我还挺意外的。韩餐馆的料理很一般，去的人也不多，餐厅似乎是用楼上小公寓的房租在维持着。

我们走进了公园。这是一个坐落在城市角落里的公园，平常没什么人。一眼望去，公园里一个人都没有。高老师站到了椅子上面，环视了一下周围，大声喊："延宇！延宇！"四周没有遮挡物，一眼便能看到全部。可是并没有延宇。

我一屁股坐在了长凳上，腿上一点力气都没有了。头疼得厉害，火气似乎也抑制不住了。今晚的网课也没上。明天要带到学校的作业也没完成。如果找到延宇，真想狠狠地打他的屁股。

高老师指了指前面："宥莉，你快看看那边。"

我抬头望向了老师指的方向。公园中间有个公用卫生间。卫生间那边只有男厕所亮着灯。

"宥莉，我们过去看看。"

我们走向了卫生间。我在外面喊："延宇！延宇！"没人回答。我推开了卫生间的玻璃门。水泥混着清洗剂的味道扑面而来，我听到了哭泣声。我赶紧跑了过去，确认延宇是不是在这里。卫生间便池所有的门都开着，只有第四个门关得严严实实的。

我走了过去轻声说："是延宇吗？"

我推了推门，门开了。坐便上坐着一个小男孩。我眨了眨眼，等看清时，一屁股坐在了地上。

延宇抬起了头，满脸都是鼻涕和眼泪，无辜地看着我。

8

　　延宇和我一起回了家。我什么也没说,也不想问延宇为什么跑了出去。我准备好了晚饭,吃完便回房间躺下了。我浑身疼得难受,一量体温,已经超过38摄氏度了。难怪头和肩膀疼得像被锤子砸一样。我抑制不住疼痛,嘴里发出"呜呜"的声音。我艰难地爬了起来,吃了退烧药,不过疼痛却没有得到一丝缓解。我握紧拳头,咬紧牙关,额头上布满了汗珠。我在不知不觉中好似进入了黑暗的世界,昏睡了过去。

　　睁开眼睛,已经是凌晨四点钟。卧室的荧光灯不停地闪烁着,很是刺眼。枕头和被子也都湿漉漉的。我呻吟了一下,硬挺着站了起来。我跌跌撞撞地打开了门,穿过客厅,从厨房冰箱里拿出了一瓶水，一口气喝了下去。咽下冰凉的水，这才感觉到了一丝清爽。虽然还是有点低烧，不过一想到睡前的状态，如今也还算是好的。生病了也只能这样，我也没有人可以说。我看了看通往二楼的楼梯口，那里没有一丝光亮。

其实即使爷爷在家，也并没有什么不同。爷爷和我的生活空间很明确地分隔着，我住在一楼，爷爷在二楼。二楼的楼梯尽头还有一扇门。爷爷占着二楼的空间，我占着一楼的空间。即便谁生病了，或者不舒服了，也互不打扰，各自在自己的空间里默默地治疗着。即便我和爷爷都在家的时候，也从不一起吃饭。爷爷就像故意要避开我一样，会让我把饭和菜端到二楼。

我和爷爷各自在自己的空间里做着自己的事情，仿佛这种状态是再正常不过的日常生活。爷爷每个月都会把日常的生活费打到我的储蓄卡里，像水电这种费用是爷爷自己支付。可以说我和爷爷分工明确。爷爷和我这种互不关心、互不打扰的状态也没什么不好。每当朋友们抱怨说"我妈让我做什么""我爸不让我干什么"的时候，我都会觉得很轻松，因为爷爷从不关心我的生活，同样也从不对我指手画脚，强迫我做一些我不喜欢的事情。

但是今天不一样。爷爷不会知道我今天经历了什么。想到今天的事，莫名地让我感到委屈和难受了起来。我手扶着墙，踉跄着走了两步。本来想回房间的我，看向了延宇的房间。延宇的房门缝里，露出了微弱的灯光。延宇不会还没睡觉吧。我走了过去，轻轻地推开了延宇的房门。

延宇像胎儿一样蜷缩着身体，侧身躺着，发出了疲惫的呼吸声。延宇和我一样，开着灯睡着了。看着延宇的睡姿，我想起了刚找到延宇时，他坐在卫生间马桶上哭泣的样子。看着哼哼唧唧地睡着的延宇，竟让人有些心疼。我抱起了延宇，想让他睡得舒服一点，将他平放在被褥上。这时不知他是做梦还是身体难受，嘴里一直在嘀咕着什么。

延宇刚才嘀咕的话里，似乎说着"我错了"。我心里一阵刺痛。我叹了口气，用手拨开了延宇额头上的头发。他的眼角还挂着泪痕。他长得可真好看，小小的脸蛋儿看起来很可爱。这回看着延宇的脸，我并没有联想到徐正姬女士。睡梦中的延宇，不像小学四年级的学生，就像刚出生的小宝宝一样安静。

延宇刚出生的时候,也是这个样子吧。

听说刚出生的小宝宝只有手臂那么大。小宝宝时的延宇,应该也是顶着一张可爱的小脸蛋儿,呼呼地睡着觉吧,饿了就吧唧着小嘴,吸吮着妈妈的奶。徐正姬当时一定是充满爱意地抱着延宇,用额头蹭着延宇的小脸蛋儿,不停地说着妈妈爱你。她是什么时候开始虐待延宇的呢?绝对不会是延宇刚出生的时候。延宇是多么漂亮可爱的孩子啊。怎么可能呢?我鼻子一酸。我的内心深处有种说不清道不明的矛盾情绪,已经不是一天两天了。但面对这种情绪,就像是遇到的所有事情一样,剩下的只有无可奈何。

低落的情绪抑制不住地席卷而来。这对于我来说是很糟糕的。没有人比我更加清楚,穷酸自怜之心是多么地廉价和卑微。我强迫自己把思绪转向了学校。我的头和肩膀还是疼得厉害。我想,这种状态明天能去学校吗?不知道冰箱里还有没有可以做早餐的食材?

我强忍着疼痛站了起来,顺便帮延宇拉了拉他的红色被子。我又看到了延宇脖子上黑红色的印记。我想起了警察说过的话。

很明显的事实是，延宇遭受了虐待。

我想起了白天看到的延宇头上那溃烂的伤口。我突然很想亲眼确认一下延宇的身体情况。我慢慢地把被子拿了下来，一边看着延宇，一边小心翼翼地把他的棉T恤衫撸了上去。

我用手捂住了嘴。

眼前的情况让我大吃一惊。延宇的肚子和胸口上满是瘀青，有黑红色的，有紫红色的，也有泛着黄色的。这些痕迹仿佛被泼了墨的画一样，布满了他的全身。延宇翻了个身。我赶紧拿开了手，坐了下来。

为什么会这样？

这些伤痕分明就是妈妈徐正姬造成的。延宇被鞭打的时候，一定疼得哭叫了吧。想象一下当时的场景，我怎么也抑制不住心中的怒火。我明显感觉到自己的血压飙升直冲天灵盖。我闭上了双眼，告诉自己要冷静下来，但事与愿违。我真的没有办法好好控制自己的情绪。

我给延宇盖好了被子，走出房间。我走到客厅，坐在餐桌旁边，望向了漆黑的窗外。徐正姬是在干什么？为什么这样对待自己的孩子？

葬礼上，我曾问过爷爷："妈妈过得怎么样？"

"再婚以后，又离婚了。她一直在加平郡的乡下生活，然后在那边的补习班里当数学老师。"

徐正姬很穷。听说因为补习班的收入情况不太好，她只能挨家挨户地给人家进行课外辅导。即便这样，徐正姬的收入也不尽如人意。葬礼上前来吊唁的也只有村长几个人。我从他们的对话里了解到，徐正姬的生活过得非常糟糕，很多人都怀疑她有严重的酒精依赖症。当时一个来吊唁的人还偷偷说，徐正姬会不会是吃了什么不该吃的药。

我想问爷爷，为什么放任女儿这么生活，但还是没有问出口。爷爷紧闭着嘴，表情分明是什么都不想说。

葬礼之后我的心情很复杂。我想装作无所谓，把这件事当作过马路一样，是每个人都会经历的平常事。我想将妈妈的逝去如同流水一样从我的心绪中排除出去，但事实上并不容易。无法言喻的情感像森林里的藤蔓一样杂乱无章地交错在一起，乱成了一团。我曾在睡梦中惊醒，大喊大叫地站起来，用粗鲁的语言咒骂着什么。无法再次入睡时我才知道，自己内心的情感竟是如此激烈。

徐正姬的人生是从什么时候开始变得这么不堪的呢？她也曾有过像我现在一样的年纪。她也曾经历过小学时期、初中时期、高中时期，然后考上大学，参加工作，恋爱结婚。然后在四十九岁的年纪，从桥上掉了下去，摔死了。可笑的是，她竟然是为了踹自己的孩子，掉下去的。

既然抛弃了我，孑然离开了，难道不应该好好地活着吗？

既然选择了用自己的身体去生育孩子，难道不应该爱护有加，温柔以待吗？

面对死亡，徐正姬你在想些什么呢？你最后看到的又是什么呢？我忍不住在想，她最后听到的声音，她最后的感受会是什么。无论是延宇推的，还是事故使然，单凭如此荒唐地结束了自己的生命这一点，徐正姬这样的人生都是不应该的。这与徐正姬是个什么样的人无关。

我突然想到了我的亲生父母。他们在哪里，干些什么呢？我闭上了眼睛。我知道，想这些没用的，只会徒增伤心，对我来说一点好处都没有。我尽可能地不让自己胡思乱想。其实一直都是这样的。爷爷从来都不和我说关于我亲生父母的事，就连为什么会领养我，也绝口不提。我很想知道，我为什么会来到这里。我曾偷偷地溜进爷爷的房间，想找一找线索，但爷爷的房间里，没有和我有关的任何东西。

我抬头看了看挂在墙上的日历。四月份的日历上，28日这一天用红色的笔圈着，下面写着期中考试。距离期中考试还有不到一个月的时间。上补习班的同学早在三月末就开始进行期中考试的备考学习，请私人家教的同学更是进行了充分的准备。

说起期中考试，我不得不重新审视自己的成绩。通过努力能提高成绩的科目是有限的。学习好不好，首先遗传基因很重要，其次是家庭环境吧。努力顶多也就排在第三四位。爷爷靠着开个人出租车赚钱，具体收入有多少，我不是很清楚，想来也不会很充裕。能用爷爷赚来的钱吃穿，已经很好了，还奢求什么呢。爷爷之前问过我需不需要去补习班，我拒绝了。我说在家上网课就可以了。如果再用爷爷赚来的钱去上个补习班，我会害怕，害怕自己永远也不能离开这个家。

我打断了乱七八糟的思绪,找了体温计量了一下体温——37摄氏度。应该睡了。我担心早上延宇会不会乖乖地跟着我去上学,又突然想到了警察说的话,延宇到时候会接受少年保护审判。看来明天还有件事需要去做。我要带着延宇去医院,给延宇开一个诊断书。无论如何,还是将延宇现在的身体情况做个诊断比较好。

小延宇的到来,让我的世界像遭遇了地震一样。

9

"喂,你听说那个传闻了吗?"朱峰端着餐盘走了过来。

我正喝着酱汤,抬头看了看朱峰。朱峰后面跟着美希,美希后面跟着世润。世润看向我,点了点头,算是打招呼。我眨了眨睁大的眼睛,看向了美希。

美希看着我,轻轻地询问我:"带着他顺便开个课后社团的小会,可以吗?"

美希解释着为什么世润会在这里。之前除了我们三个人之外,从来没有过其他人。世润坐在了美希旁边,小声对我说:"你好。"

我一边喝着酱汤,一边点了点头。

世润扯着嘴角,好像想要微笑的样子,但僵硬的表情,怎么都掩盖不了尴尬。

我转头看向朱峰:"你刚才要说的是什么传闻?"

朱峰"哦"了一声,并没有继续说,而是专注于他的餐盘。朱峰的餐盘里有排骨和泡菜,还有皮冻。他嘀咕着"今天的餐食可太合我胃口了",边说边在胸前比画了一下。

看着朱峰的美希开口说:"朱峰,你比画的什么?"

朱峰吃着饭,瞪大了眼睛,说:"没什么啊,你看错了。"

"你刚才比画了。你刚才先画了横,又画了竖。"

我看朱峰不想回答,转移了话题:"你刚才说的传闻是什么?"

朱峰抿了抿嘴:"啊,就是你们班的班主任老师,据说在原来的学校是教导主任。"

世润也有些吃惊地说:"教导主任?"

我瞪大了眼睛,看向了美希。教导主任还会降到普通教师吗?美希安静地挑着自己盘子里的辣椒。看样子,美希也听说了这件事。

朱峰神秘兮兮地小声说:"听说是因为酒后驾驶被学校降级了。"

酒后驾驶?降级?我用筷子扒拉着酱汤。

"真的假的?"

"说是酒后找了代驾。"

我提高了嗓门儿:"那算哪门子酒后驾驶?!"

"哎呀,你听我说。听说是在车里对代驾司机态度非常恶劣,代驾司机气不过把车停在了路边,不管不顾地直接走了。"

"然后呢?"

"然后你们班主任就在醉酒的状态下把车开走了。那个代驾司机拍了照片,把你们班主任举报了。"

"这是谣言吧?就算是传闻,怎么可能传得这么详细。"

朱峰清了清嗓子,继续说:"据说那个代驾司机是学生家长。你说这得多劲爆?从教导主任降级下来,一般人早就辞职了,但她一直在学校挺着呢。"

"为什么?"

朱峰看着我,将两个弯曲的大拇指指尖对在一起:"因为这个呗。"

事情说得跟真的一样完整。虽然不知道传闻的真假,但朱峰都能说得这么详细,想来这件事已经被传得尽人皆知了。

传闻会是真的吗?

醉酒后驾驶着汽车的老师和温柔地对着延宇说有空到老师家来玩儿的老师,两个形象重合在了一起。早上高香淑老师还对我说:"延宇怎么样了?早上上学不方便的话,我帮你送延宇呀?"当然不可能麻烦高老师,可我真的很感谢老师的理解和她对我释放出的善意。朱峰说的这些让我烦躁了起来。

"听说,这还不是全部呢。"朱峰压低了嗓门儿,把头伸了过来,低头说,"你们班主任,她啊……"

朱峰拍了拍手,然后把后背往椅子上一靠,挑着眉头:"据说是有外遇了,所以才被离了婚。"

我和世润同时抬起了头,看向了朱峰。一直在挑辣椒的美希也停下了筷子,但把头转向了另一边。朱峰完全没有意识到大家的情绪，兴致勃勃地说着有的没的："出轨不分年龄，现在五十岁还年轻着呢，医学发达了，出轨的年龄也增长了。"我听着听着有点窝火，同时也十分在意美希的状态。从说起这件事开始，美希的情绪就很低落。

世润木讷地阻止了朱峰："酒后驾驶这件事不知道真假，但至少别传出轨的事。一旦是谣言呢？"

我抬头看向了世润。世润一直都是模范生。没想到在这样的时候，世润还是一个能挺身而出、阻止传谣言的人。

世润继续说："无论是谁，都很难承受背后的谣言。你没有过吗？"

我和世润对视着。是啊，我都怀疑世润这话是对我说的。即便是这样，我也没有太多的时间去整理自己的情绪。美希的状态实在让人担心。从朱峰说起婚内出轨的事开始，美希就跟被定住了一样，脸上没有表情，身上也是一动不动的。

"咦？你们怎么就不信呢。这些都是从之前那个学校传出来的。肯定是真的啊。酒后驾驶、出轨、离婚，这都是真的。再说，出轨也许是找到真爱了呢。"

美希突然出声打断了朱峰:"朱峰,别说了。"

美希的声音似乎强忍着什么。

朱峰也看出了美希话音的不对劲儿,把啃了一半的排骨放了下来。

美希深深地吸了口气,缓缓地吐出来,把没吃的饭菜刮向餐盘的一侧。

朱峰也不知道该说些什么,只能打打马虎眼。

我并不知道美希是因为什么而这样的,但隐隐约约能感觉到,这大概是和美希的家庭有关。美希从来不说她自己的成绩和她的家庭。

朱峰面向美希,用蚂蚁般的声音对她说:"美希,对不起啊。我是不是胡说八道了啊?"

美希没有回答。朱峰扯了扯嘴角,好像想问美希怎么了,为什么突然情绪受到了影响。但美希的状态表现出一种倾向——这并不是可以随随便便说出来的事情。

如果有人向我询问家里的情况,问我为什么和爷爷两个人生活,为什么没有爸爸和妈妈,我会怎么说呢?或者有人要详细地了解我家的情况,来与我当面对质的话,我会怎么办呢?

我想示意朱峰不要再说了,抬起了头。

这时我看到了世润正用眼神在阻止朱峰。

美希站了起来:"我先走了。"

我赶紧整理着餐盘,对美希说:"我和你一起走。"

美希轻轻摇了摇头,拿着餐盘走了。我瞪着眼睛,看向了朱峰。朱峰委屈地瘪了瘪嘴,好像做错事的小孩子,无所适从。

10

有时候聊天是很必要的。当你不得不强忍着糟糕的心情,给对方发出笑脸的时候;当你非常非常生气,但又不得不装作若无其事的时候;当你明明羡慕和嫉妒得要死,却还要摆出一副真心实意的样子,向对方说"祝贺你,你真的太棒了"这些违心话的时候,这些时候为了维持表面的关系,即使戴着面具,也要去面对的。

美希建了一个新的聊天室,里面有美希、我、朱峰,还有世润。我暂停了网络课程,在电脑屏幕上打开了聊天窗口。美希先留了言。

——刚才是我不对,下次不会了。

美希的道歉很干脆,但并没有解释说自己为什么会一反常态，情绪失控。我发送了一个笑脸，说："没关系。你突如其来地道歉，我都想要一起道歉了呢。"只要朱峰不扯着美希追问为什么的话，今天这件事就可以像没发生过一样过去了。朱峰似乎也有所预感，只是顺着中午说的话聊了起来。

——要道歉也得我道歉。我这张嘴啊，恨不得给它缝起来。

我心里嘀咕着，只要给我针和线，我非把你的嘴缝上不可。让你感叹一下我缝补的手艺。

美希发了个笑脸，对朱峰说没关系。我也顺着美希和朱峰，聊了一些其他话题。世润也出现了，回应了一下聊天室的内容。最后吸引我眼球的是，世润发出的一个词。

——奥利给[①]！

难道说世润知道些什么？世润和美希都去同一个教会，或许他知道一些我所不知道的情况。

我想起了劝阻朱峰时世润的眼神。他怎么会有那么快的

[①] 网络用语，"给力"的意思，也称"给力噢"，作为感叹词，包含了赞美、加油打气等多种感情色彩。

反应呢？世润当时很快发现了美希情绪上的失常，然后猜到了朱峰要说些什么，并及时阻止，这也太了不起了。世润和看起来并不一样，他不是只知道学习的书呆子，还是一个很有眼色的人。通常有眼色的人，都是看着别人的脸色过日子的，就像我一样。难道说世润和我一样，也是看着别人的脸色生活着？我"扑哧"笑了出来。怎么可能呢。

这时传来了熟悉的汽车声音。我望向黑漆漆的窗外，门口停着一辆银色的出租车，是爷爷回来了。我看着日历。爷爷说出行需要一个星期，现在只过了一个晚上，他就回来了。我叫了声延宇，告诉他爷爷回来了，便走向了玄关。我打开了玄关的大门，等着爷爷进来，这时延宇才从房间里走了出来。

爷爷的脸色很黯淡，并且身上也有一股不寻常的味道。仔细想想，这好像是医院的味道。爷爷没说什么，我也没有表露出其他神情。我和延宇对爷爷说："您回来了。"爷爷将手里拎着的袋子递给了我。袋子沉甸甸的。

爷爷看了我一眼，好像有什么不满似的，他轻轻地皱了皱眉头。爷爷抬了抬下巴，用下巴尖指着递给我的袋子说：

"里面是泥鳅汤。等会儿热一下,给我送上来半碗。"

我看了看袋子,回答说:"好的,爷爷。"袋子里面有两个透明塑料盒,可以看到里面褐色的泥鳅汤。爷爷本来想越过我,直接上楼的。可是走了一半又停了下来。

"你想吃吗?"

"什么?"

爷爷咳嗽了两声,嘀咕着说:"瞅瞅你现在的样子,照顾一个小不点儿,倒把自己弄瘦了一半儿。"

我抬头看向了爬上二楼楼梯的爷爷。爷爷的背影佝偻着。刚才爷爷说的话让我觉得很别扭。说实话,昨天的经历让我的脸瘦了一半,也没什么奇怪的。但爷爷劝我吃些什么的事,真是太罕见了。他看向我的眼神,也和往常不太一样。

怎么看都很奇怪。最近爷爷在家里也戴着贝雷帽。他的脸色和以前不太一样,一看就知道爷爷生病了。我知道会掉头发的病只有癌症。我想知道爷爷现在的身体状况,但始终没能问出口。我和爷爷之间维持了多年的习惯,似乎根深蒂固,难以打破。

我用手机搜索了"泥鳅汤""癌症"这些词语。搜索结果显示了不少关于癌症患者在治疗过程中可以多吃泥鳅汤的信息。我把手机放在了餐桌上,用手指揉了揉额头上的伤疤。

爷爷是患了癌症吗?

我的内心很复杂,也很害怕。一种莫名的不祥之感油然而生。说来也正常吧。如果爷爷的精神状态和身体状态都好得很,我才会觉得奇怪呢。毕竟女儿先去世了,无论怎么不亲近,那也是自己的亲生女儿。

我从思绪中抽离,开始着手准备晚餐。我停止了胡思乱想,动作也快了起来,忙忙碌碌中准备好了晚餐。

我做了一个金枪鱼泡菜汤。小菜是泡菜。本来还想做一个鸡蛋卷的,打开冰箱才发现没有鸡蛋了。延宇把金枪鱼泡菜放在了米饭上面,用勺子拌着吃了起来。他拿勺子的姿势改了过来,但看样子,拿筷子的姿势还需要时间慢慢来纠正。延宇吃着饭时,会偷偷看我的脸色,我告诉他不用看我,好好吃饭。延宇大口大口地吃着。我看着延宇吃得干干净净的汤碗和饭碗,想着明天要去再买一些小菜备着。

记忆里我是从小学三年级开始做饭的。爷爷不仅不爱说话，厨艺也不怎么样。曾经不止一次，饭桌上只有煮熟的土豆和鸡蛋。当我第一次用土豆和洋葱做了大酱汤，端到饭桌上的时候，爷爷用怀疑的表情看着大酱汤，然后拿起勺子舀了一勺放进了嘴里。当时的一幕幕竟然如此清晰地存储在我的脑海里。那时的爷爷比现在年轻很多。爷爷吃了一口因为炖太久一碰就会裂开的土豆，发出了一声"嗯"。我咬了咬嘴唇，偷偷地看向了爷爷。

爷爷眨了眨眼睛说："味道还不错。"

回忆起那时候的事，好似唤回了当时的心情。自那之后，每当做饭做菜感到疲惫的时候，我都会想想第一次做饭时候的心情。无论何时想起来，都是记忆里闪烁着的存在。当爷爷嘴里说出"味道还不错"的时候，我内心的喜悦和价值感，其意义真的非同一般。那时的心情就像漂泊在茫茫大海，偶见一座绿色的小岛一样，充满着欣喜。那天吃完饭回到房间，我开心地笑了。

"我吃完了。"延宇向我说了声谢谢，然后开始收拾碗筷。他把空碗放到了水槽里，把食物残渣和垃圾倒进了垃圾桶。

我并没有让延宇干这些活儿,但他拿起了刷碗的海绵,倒上了洗涤剂。我把头转向了延宇,看着他洗碗的样子。饭碗在延宇小小的手上打着滑,他熟练地将饭碗里外擦干净,并用清水冲掉泡沫。看样子延宇以前经常刷碗。

"延宇,很会洗碗呀。"

延宇回答:"嗯。"然后接着说,"以前是我负责洗碗,和妈妈一起住的时候。"

我看向了延宇。这是他第一次主动说起自己的事,也是从他嘴里第一次说出妈妈。

"那个……"延宇继续说着。

我在想,延宇好像慢慢地开始向我敞开了心扉,或许是因为今天去医院的事吧。

医生和我一起看着延宇的身体,忍不住深深地叹了好几口气。肩膀、胸部、背部、大腿、臀部布满了不同颜色和大小的瘀痕。我举着手机想给延宇的身体拍照片。但看着他身上数不清的瘀痕,我的手不停地抖着。医生问延宇这是谁打的,他抿着嘴低下头,一声不吭。医生抬起头,用复杂的眼神看向了我。

医生把延宇送了出去，让他在接待室等着，然后对我说，延宇身上的伤很明显属于儿童虐待，并且施暴者选择了可以用衣服遮挡部位下的手。医生看向我，我低着头说是延宇的妈妈打的。医生深吸了口气说，无论是谁打的，这都是犯罪，必须要受到法律的制裁。我好不容易忍住了眼泪，对医生说，可是要怎么审判已经死了的人呢？

我走出了诊疗室，由于刚刚哭过眼睛还通红着。延宇正坐在接待室，看着电视。看到我出来了，延宇直勾勾地看向了我，看到我哭红了的眼睛和脸庞，他抿着嘴不说话。也许就是这时候吧，我和延宇之间的关系不一样了。

我看向了正在刷碗的延宇。

"你要说什么？有什么想说的，看着我直接说出来。"

延宇将洗好的碗一个一个地摆放在了沥水架上，然后对我说："是妈妈教你的吗？"

"什么？"

"金枪鱼泡菜汤。"

我该怎么回答呢。我猜到了延宇吃饭的时候在想些什么,说实话,我的心里有点不是滋味。

"无论谁做金枪鱼泡菜汤都是一个味道。把调料放进去,基本上都是那个味儿。"

延宇羞涩地说:"真的很好吃。"

我做出了骄傲的表情对延宇说:"那当然了,也不看是谁做的。"

洗完碗的延宇微微一笑,走向了自己的房间。接着响起了房门关上的声音,客厅顿时安静了下来。

我眨了眨眼睛,不知怎么突然有了困意。想起延宇刚才的样子,我也笑了出来。我整理好了餐具,收拾完了厨房,准备给爷爷煮泥鳅汤。我突然想起了专门卖泥鳅汤的餐厅,好像都是用砂锅熬汤的。我从柜子里取出了砂锅,清洗干净,把泥鳅汤倒进了砂锅里,放在了燃气灶上,点燃了煤气。

我把泥鳅汤、萝卜泡菜和米饭装在托盘上,然后端着托盘走上了楼梯。楼梯使用的时间很长了,每次踩上去都会发出吱嘎吱嘎的悲鸣声。

我站在二楼的门前,敲了敲门:"爷爷,泥鳅汤好了。"

我听到了里面有呼呼大喘气的声音,还伴随着呕吐声。过了一会儿,里面传来了爷爷疲惫的声音:"你等一会儿吧。"

我听到了冲马桶的声音,接着听到了关门声和强忍着的咳嗽声,以及向我走来的脚步声。我向里卷起了嘴唇,用牙齿紧紧地咬着,对抗着莫名不安的情绪。爷爷在三周之前,说出去旅行回来时,也是这样的。我在深更半夜听到了呕吐声和冲马桶的声音。

门被打开了。我看到了爷爷湿漉漉的脸庞和下垂的眼角。

爷爷用沙哑的声音说:"放进屋里吧。"

我端着泥鳅汤走进了二楼客厅。我把盘子放在了沙发旁边的桌子上,回头看了看爷爷。爷爷走路的样子看起来很艰难,迈的步伐很小,上身也弯曲得更严重了。爷爷慢慢地坐了下来,我坐在了爷爷的对面:"爷爷,您哪里不舒服吗?"

爷爷直直地盯着泥鳅汤,仿佛被我的话惊醒,茫然地看着我:"你说什么?"

"爷爷,您是不是哪里不舒服?"

爷爷恢复了以往严肃的表情,淡漠地说:"没事。"

爷爷紧闭着嘴唇,用勺子搅拌着泥鳅汤:"是不是有花椒粉?"

我平常不用花椒粉,也不知道什么是花椒粉,但是我记得一个小包里面装着很多黑色粉末。

"您稍等一下。"我把厨房餐桌上装着黑色粉末的袋子拎了上来。

爷爷"嗯"了一声,打开了袋子,把黑色粉末撒在了泥鳅汤里。粉末的气味一下子散开,我忍不住转头打了个喷嚏。

爷爷淡淡地笑了:"泥鳅汤要撒上花椒粉才好吃。"

我抬头看向了爷爷,看着爷爷明显带着病的脸庞,听着爷爷说的话,我仍感觉到了别扭。就像刚进门时爷爷说我瘦了,吃点泥鳅汤的话,以及告诉我,泥鳅汤要撒上花椒粉才好吃这样的话,都是我和爷爷之间从来没有过的对话。

我又开口询问了爷爷:"爷爷,您是不是生病了?我刚刚好像听到了呕吐的声音。"

爷爷若无其事地将米饭倒进了砂锅里,和泥鳅汤拌了起来:"人老了,身体总会出现一些状况。没什么大碍。"

爷爷舀了一勺汤饭,呼呼地吹着,然后小心翼翼地送进了嘴里。我用食指紧紧地压住了拇指。我和爷爷之间有默默坚守着的规矩,但眼前这种情况,我无论如何也不能不管爷爷。爷爷吃着饭,垂着视线继续说:"你是不是有话要说?"

我不难猜到爷爷接下来的话。他会说,该做的事做完了,就赶紧下楼去吧。我深吸了一口气,打定了主意:"爷爷,我想跟您聊聊。"

"我都说了,没什么大碍。"

"爷爷,我想说的是延宇的事。"

爷爷抬起了头看向我:"你说吧。"

爷爷把勺子放在了砂锅旁边。我端坐在爷爷面前,轻言轻语地把这两天发生的事情一五一十地说给了爷爷听。我跟爷爷说了延宇上学第一天在学校发生的事,警察找来的事,在公园的卫生间里找到跑出去的延宇的事,还有今天上午带延宇去了医院的事。

爷爷静静地听着。我看到了爷爷看向我的眼神，爷爷的眼神很专注。看着爷爷的样子，我突然有了安全感。

听着我叙述这两天的事情，爷爷偶尔会叹口气，这时爷爷的肩膀也会随之一上一下的。当说起今天在医院发现的延宇身上的伤痕时，爷爷抬起了下巴，眼睛瞪着天花板，仿佛天花板上有可怕的厉鬼一样，爷爷的双眼紧紧地瞪着。

听完我讲着这两天发生的事，爷爷说："你辛苦了。"

很平常的一句话，却让我焦躁的内心平静了下来。

"今天在医院，医生给延宇开了诊断书，也拍好了照片。"

"诊断书？拍照片？"

"是的，爷爷。我觉得把延宇受到虐待的证据，收集起来比较好。警察说延宇需要进行少年保护审判，这些证据或许可以保护延宇，请求审判长酌情处理。"

我向爷爷说明了在网上了解到的信息，比较着延宇的情况，解释了少年保护审判和保护处分的种类。爷爷的眼里闪过一丝感叹。我看到了爷爷的嘴角扬起了淡淡的微笑。

"真不知道妈妈为什么这么对待延宇。"

无意中说出的话,让我自己也吃了一惊。这话不是随随便便就能说的。爷爷长长地叹了口气,把头转向了一边:"我累了,回头再说吧。"

爷爷拿起了勺子。看着爷爷吃饭的样子,我发现爷爷的肩膀好像更弯曲了,脖子上的皱纹也无力地下垂着。是啊,就说到这儿吧。今天能这样和爷爷对话,我已经很知足了。而且爷爷那似有若无的淡淡微笑,让我的内心充满了感激。

我站了起来,向楼梯口走去。后面传来了爷爷的声音:"或许能找到延宇的父亲。"

我停住了脚步:"真的吗?"

爷爷吃着饭,没有回答我。延宇能找到爸爸,这应该是值得高兴的事情,但我却感到不安。我转身走下了楼梯。破旧的楼梯吱嘎吱嘎地响着。

11

"今天我们要学习金洙英的一首诗,叫《有一天,我参观了古宫之后》。这部分内容是期中考试要考核的,请同学们认真听讲。"

高香淑老师穿着款式沉稳的粉红色两件套站在讲台上。粉红色外套镶着白色的扣子,从纽扣中间可以看到里面带有蕾丝的雪纺衫。教室空调吹来的暖风,让我感觉到了干燥。我拿出润唇膏,涂在了嘴唇上。已经过了四月中旬,天气却还是有冷的时候。老师打开了多媒体电脑,然后在教室里走动着,检查着同学们课前的准备情况。我打开了教科书,拿出了笔记本和圆珠笔。我把目光放在了教科书上,但心里仍旧是乱糟糟的。

昨天家里收到了法院的传票。法院传票的被告人一栏里，赫然写着徐延宇。我给来过家里的警官打了电话。警官安慰我说，延宇还小，不会有事的。即便审判长对延宇的审判结果是故意伤害罪，延宇也不会有太大的事情。

我依旧非常担心。想到延宇小小的年纪，因为妈妈的死，就要去法庭接受审判，我的内心有种抑制不住的酸涩。

我把嘴唇竖成了"O"形，像是给自己打气一样，呼呼了两下。现在不是把心思放在其他地方的时候，距离期中考试只有十天了。同学们就连休息时间都不放过，刷着课外补习班发下来的习题。补习班将习题装订成了册子，厚厚的一本，听说是把考试涉及的内容都收集起来了。每当看到同学们在专注地做着补习班的练习册时，我都有种难以呼吸的压迫感。

"同学们准备好了吗？那我们开始上课了。"

老师将课堂演示材料投影到了教室电视机屏幕上，然后讲述了诗歌创作的年代、背景、诗人的生平、以及诗歌的特点。

高香淑老师讲课是非常清晰和生动的。她在讲授诗歌韵律的时候，会明确地告诉我们，哪一部分需要在笔记本上记下来，哪一部分需要背诵。课堂上老师的声音很清脆。她时不时地会看向同学们，确定自己说的内容同学们都理解和掌握了。每当这时，我都能从老师的眼睛里看到光彩。

高香淑老师在课堂上从容不迫，就连说话的声音和语速都恰到好处。她用手势和清脆的声音解释着概念，让人很容易理解。偶尔高老师还会和我们开一些玩笑，但是她并不是松懈怠慢的人。高老师作为班主任，真的非常严格。如果有上课迟到、课间使用手机的情况，她每次都会很认真地记录下来，给犯错的同学罚分。无论从哪方面看，高香淑老师都不会是个与酒后驾驶有关的人。

老师提高了声音，朗诵起了诗歌："我为什么只会愤怒于鸡毛蒜皮的小事？"

诗的第一行便吸引了我的注意力，让人想接着读下去，一探究竟。

高老师停顿了一下，继续读了起来："对那王宫和王宫的淫乱却视而不见。"

教室的一角传来了嘻嘻的笑声。这时的笑声真是让人厌恶,也觉得很刺耳。高老师无视了发出声音的同学,拿起了教科书继续读了起来:"我曾因为五十元的排骨满是肥肉而愤怒。"

不知道哪个同学又开始起哄了。我能听到有同学在说"五十块钱的排骨,五十块钱的排骨"的声音,里面还夹着笑声。

高老师仍旧没有理会,继续朗诵着诗歌:"也曾因为愤怒而卑鄙地伸出手指,指向牛杂汤餐厅老板娘的鼻尖。"

又传来了嬉笑声。我抬起了头,我看到坐在教室中间位置的几个男生耸着肩膀,嘻嘻哈哈地笑着。看来是秉奎那群家伙。

高香淑老师放下了教科书,看向了声音传来的方向:"是有什么高兴的事儿吗?说出来大家一起笑笑。"

秉奎嬉皮笑脸地举起了手。高老师看向了秉奎,问道:"什么事?说来听听。"

秉奎嬉笑着说:"老师,我就想问问,什么是淫乱啊?"

秉奎有极度的厌女情绪,每天都会在网络贴吧上闲逛,而且还会用他那大嗓门儿肆意传播在那些网站上看到的一些捏造的假消息。秉奎刚才的举动，分明就是用"淫乱"这个词来扰乱课堂秩序，要针对高老师。

高老师冷冰冰地说："淫乱是指放荡的意思，而且是从'性'角度来说的。"

秉奎对斜前方坐着的振盛说："你看，臭小子，我说得对吧。"

振盛若无其事地接了话："你管好自己，可别晚上跑去放荡了。"

秉奎却嬉笑着说："怎么办呢，我就喜欢放荡。"

"不喜欢饮酒？"

"喜欢搞婚外情。"

我的座位在教室的后面，仍然能清晰地听到他们的对话。秉奎这群家伙竟然敢把"婚外情"说出来。我头发丝儿都竖起来了，心脏怦怦直跳。这无疑是很过分的话。好像用尖锐的匕首刺向深处一般伤人。高香淑老师紧闭着嘴，静静地看着秉奎和振盛。秉奎他们的意图太明显了。这不是单纯的胡闹，而是他们对高老师的报复。

秉奎他们一群人经常被高老师罚分。秉奎作为这群家伙的小头头，新学期开学就已经因为缺席、迟到、上课不遵守纪律等行为被扣罚了15分，被高老师提交到了学校生活教育委员会。生活教育委员会对秉奎的处分是三天的劳动服务。回到教室后，秉奎还大声嚷嚷说，高老师一个人就给他扣了不止5分。

教室里一片寂静。同学们的视线穿梭在高老师和秉奎两人之间。高香淑老师转身走向讲台，并双手抓住了讲台的一角："刚才的话听起来让人很不舒服。这不仅仅影响到了课堂教学，还会让在座的同学们感到不适。"

振盛将后背靠在了椅子上，跷起了一条腿搭在了另一条腿上，回答道："是的。"从我的座位向前看，只能看到振盛的后脑勺。但我完全可以想象到，现在仰着肩膀、斜着下巴的两个家伙，其表情是多么让人讨厌。

高香淑老师将眼神转移到了教科书上："如果再有下一次，两位同学都要被罚分。"

振盛大声回答："是，老师。"

高香淑老师从讲台一侧走了出来。我的心情还是很焦急。秉奎那群家伙明显没有收敛的意思。高老师长长地舒了口气,又干咳了好几声,才稳定好情绪,继续朗读着诗歌。

高老师一句一句地读着诗歌。她的声音也渐渐恢复了生气,读到第六行的时候,我明显感觉到声音里传来的力量。讲课进行得很顺利。我很庆幸。教室的空气也变得轻快起来了,大家纷纷松了口气。

就在这时,不知是谁打了个喷嚏:"啊——嚏!"

过了一会儿,不知道前面谁用舌头发出了啪的一声。高老师停顿了一会儿,又朗诵起了诗歌的最后一句。

又传来了一声喷嚏声:"啊——嚏。嘚儿。"

我抬起了头:"嘚儿?"

不一会儿,又有一声喷嚏声和"嘚儿"的声音。这声音应该是用舌头打出来的。

啪。不知道打喷嚏的是谁,不过啪的声音一定是秉奎或者振盛发出来的。

高老师停了下来:"最近流行感冒吗?"

振盛大声嚷嚷着说:"老师,最近到处都是流感。"

振盛的话刚说完,秉奎紧跟着"啊——嚏"一声,然后小声嘟囔着:"嘚儿。"

振盛也不示弱地用舌头"啪"了一声。

大家都明白他们这群家伙是什么意思了。我抬头看向了高香淑老师。同学们一动不动,也没人敢发出声音。离下课还有半个小时,我看到拿着教科书的高老师的手在颤抖着。

高老师清了清嗓子,读着:"沙粒啊,我是多么渺小。"

高老师使劲儿咽了咽口水,继续读道:"风啊,尘埃啊,小草啊,我是多么渺小。"

高老师的声音越来越小。似乎每读一个字,她的声音都在颤抖。她不停地深呼吸,好像使劲儿呼吸,才能将剩下的句子读完似的。高老师终于读到了最后一行:"我真是如此渺小啊。"

高老师读完最后一行,回到了讲台。她准备播放影像资料的时候,秉奎大声地"啊——嚏"了一声。我握紧了拳头,紧闭着双眼。我不知道这样的情况要怎么办才好,我感受到了无力感和愤怒感,好像气得嘴唇都在颤抖。

哐!响起了拍桌子的声音。

同学们纷纷看向的地方竟然是世润的座位。我听到了椅子被推开的刺耳声音，接着世润站了起来。世润转过了头，紧紧地盯着秉奎和振盛。

教室里响起的是高香淑老师的声音。老师看着世润说："世润，请坐下。"

高老师的声音不像往常一样，这会儿很尖锐。世润坐回了座位上。高老师双手紧紧抓着讲台的两端，挺直了腰板："老师也很清楚刚才是什么情况。就像坐在教室里的每一位同学一样，知道刚才的声音意味着什么。'嘚儿，啪'是想告诉我'老人戴着假牙硬邦邦'的意思。这无疑是贬低老人、厌恶老人的表现。我知道是针对我的。说实话，第一次经历这样的事情，我有些惊慌失措。当然还有些失望，我毕竟是你们的班主任老师。"

高香淑老师指着秉奎和振盛，用沉稳的声音说："看来这件事没办法小事化了了。两位同学请下课以后直接到办公室，我会向学校申请召开教师保护委员会的会议。根据两位同学的态度，也可以换成生活教育委员会处理。不过就目前的情况来看，还是更倾向上交给教师保护委员会。然后世润同学，记罚分一分。课堂上怎么可以随便拍桌子呢？"

秉奎用不满的声音说:"打喷嚏也有错吗?"

恢复状态的高香淑老师嘴角上扬着说:"是啊。秉奎同学等会儿到办公室来,也这样陈述就可以了。如果我直接对应秉奎同学,怕有失公正,所以我会找负责学生部的老师来对接两位同学。下课后我会将事件陈述书发给同学们,也请同学们将今天的事认真地进行陈述,之后会由负责学生部的老师或者负责生活部的老师来收取。"

高香淑老师看着手机,继续说:"接下来的课堂我将会录音。没问题吧?如果不想被录音的同学,可以拒绝回答问题。好在今天的课程,主要以老师讲授为主。"

没有一个同学敢出声回答。高香淑老师打开了手机录音功能,然后继续说:"如果有谁想打喷嚏,没关系,可以尽情地打。打喷嚏本身不是什么问题。"

高香淑老师平静地上着课。虽然很好奇世润现在的状态,但我能看到的只有他的背影。我对世润刚才的举动充满了感激。我多希望教室里坐着的同学们都和我一样的心情。我想,世润这个人,可能比我想象中的还要好。

12

放学以后,我背着书包走向了延宇的学校。人行道和车道之间积满了被春风吹落的淡粉色花瓣。背着花花绿绿书包的孩子成群结队地从我身边走过。真是温暖又晴朗的一天。就连吹来的阵阵清风,都让人感觉到神清气爽。学校旁边的公园里,有好多拿着氢气球的小孩在蹦蹦跳跳。路上有牵着狗绳遛狗的大婶和大爷,也有一脸悠闲地仰着头观赏粉红色花瓣的恋人。我竟然想到了妈妈,徐正姬再也看不到这样的景象了。

我走到了学校门口,给延宇发了一条信息。

——我在学校门口。放学了吗?

——是的!马上出去!

延宇回复的信息里，"是的"后面加的感叹号，看起来也太可爱了。看着短信，好像能听到延宇的声音似的。我微微一笑，心中滑过一丝暖意。延宇来到家里不过二十多天，但好像我们已经很熟悉了一样，这种感受让我觉得很新鲜。延宇的到来，让家里的氛围都不一样了。

爷爷说要给延宇的房间重新换一下壁纸，再给延宇添购床和书桌。爷爷对我说，顺便把我的房间壁纸也换成新的。

星期六上午，爷爷带着我和延宇，逛了家具城。在一家卖壁纸的店铺里，爷爷说让我自己选喜欢的壁纸，我在一堆图案里，选了一款柠檬色和象牙白相间的壁纸。延宇选了一群机器人并排站着的蓝色壁纸。爷爷问我，要不要换个新的床和书桌，我摇了摇头，拒绝了。

我们选好了壁纸和家具后，爷爷带着我和延宇去了一家专门做炸猪排的餐厅吃了午饭。延宇不会用刀叉，我给他示范了几次，告诉他怎么用。延宇拿着刀叉，嘴里嘀咕着："这样对吗？""咦？不是这样吗？"爷爷搂着延宇，双手握着延宇的双手，亲自教延宇怎么用刀叉。延宇吃得很开心，嘴角都沾满了猪排酱。爷爷吃了小半碗荞麦面，看着延宇淡淡地笑着。

房间里只是换了壁纸，变化却很大，这让我的心情都跟着不一样了。爷爷看着我房间里的旧桌子和床，露出了不满意的表情。而延宇第一次拥有属于自己的房间，能看出他很开心。

我在网上给延宇订购了睡衣。在客厅和厨房里遇到穿着蓝色条纹睡衣的延宇，我的心情也变得好了起来。曾经安静沉闷的家，因为延宇的加入，好像变得轻柔明亮了。

延宇的学校没有再联系过家长，应该是没有特别的事情发生。平时我一有空就帮着延宇补习一下功课。延宇的学习情况很糟糕，可以说已经到了凄惨的地步。

首先，他的字写得就很一言难尽。从延宇日记本上写的字来看，他不仅不会隔写[1]，字体也有大有小。明明日记本是带下划线的，但他写的每一行字都像有各自的想法一样，自由奔放地越过了下划线。这还不是最糟糕的。当我发现延宇连九九乘法表都背不下来的时候，我无语地抓住了自己的

---

[1] 即"隔写法"，是韩语书写时进行空格的规则。

头发。我不禁怀疑，徐正姬是怎么把孩子养大的呢？

延宇是个温顺的孩子。每当我提高嗓门儿喊："你连这个都不知道吗？"延宇就会害羞地低下头。我做好拔丝地瓜给延宇当零食，放到桌上的时候，延宇眼里会放着光，抬头看向我。这时我会装作漫不经心地把目光移开，但我知道，我的内心得到了极大的满足。我喜欢延宇开心和惊喜的表情，也享受着延宇看我的眼神，所以我即便是在学习繁忙的时候，也要挤出时间给延宇做一些好吃的。其实我也曾想过，大学要不然就选择与料理相关的专业吧。

不过，想到考大学的问题，我的心绪又不宁起来。本来我是想借着考大学的机会，干干脆脆地逃离这个家的。当然，现在想要离开的想法仍然没变，但隐隐约约会担心和惦记延宇。爷爷说或许能找到延宇的爸爸。如果延宇找到了爸爸，事情就都迎刃而解了，但"即便如此"和"以防万一"的心情还是交错在我的脑海，对延宇有忍不住的担心。我逐渐抛弃了要远走他乡的想法，在搜索大学信息的时候，也会开始寻找离家近的大学。

我站在小学正门的旁边，望着学校操场。操场平坦宽阔，望着一无遮拦的空间会让人心情舒畅。我希望以后的生活也像操场一样平坦；也希望我的人生、爷爷的人生、延宇的人生都没有坎坷，像操场一样平坦。这应该不是奢求吧。毕竟我没有很大的欲望，只要不生病，不要因为贫困而窘迫，能轻轻松松地生活就好了。

爷爷真的没事吗？

希望爷爷说的是真的，希望爷爷的身体真的没有大碍。这两天爷爷的状态逐渐好了起来，我再也没有听到呕吐的声音，爷爷的出租车也开始营运了。我想给爷爷做点他喜欢吃的、对他身体好的东西，想来想去也不知道做些什么好。

我突然感觉到了歉意。爷爷总该有那么几样喜欢吃的食物吧。我竟然全然不知。

操场上走来了延宇熟悉的身影。延宇走路的样子看起来真文静。

"在这儿等人吗？"戴着绿黄色牛仔帽的学校保安爷爷背着手看着我。牛仔帽下面能看到他白色的双鬓，想来他和爷爷年纪相仿。

我恭敬地回答:"是的,我在等弟弟。"

"等弟弟啊?"

我礼貌地微笑着回答:"是的。"

延宇看到了站在门口的我,羞涩地举起手向我摇了摇,我也对延宇挥了挥手。

保安爷爷"呼"地叹了口气,对我说:"你是延宇的姐姐?"

保安爷爷的话让人有点捉摸不透。刚才保安爷爷的叹息声明显带有不寻常的意思。我抬起头看向保安爷爷,问道:"是发生了什么事吗?"

保安爷爷说:"啊,你是延宇的姐姐啊,真是很不错呢,还知道照顾弟弟。"保安爷爷的话缓和了刚才的气氛。

就在这时,校门口停了一辆白色的小轿车。随着一声巨响,小轿车驾驶座的门被打开了,一个身穿象牙色外套的阿姨走了出来。之后车后座上下来了一个小女孩。小女孩的脸上贴着肉色的敷脸贴。阿姨牵着小女孩的手往前走,表情非常严肃。

保安爷爷喊住了她们,说:"这里不可以停车的。"

阿姨看向了保安爷爷，然后问："那可以把车停在哪里呢？"阿姨和小女孩一起又回到了车里，准备把车开向保安爷爷说的学校后门，但小轿车没开几米就开着应急灯停了下来。

延宇平淡地向我走了过来，但没能走到我面前，就一下子站住了。

我突然有种不祥的预感。我顺着延宇看向我身后的眼神转了过去，看到了刚刚又从车里走下来的阿姨和小女孩，她们正向我们走来。阿姨站到了我们面前，低头看着自己牵着的小女孩问："他就是延宇吗？"

女孩分别看了看延宇和阿姨，轻轻地点了点头。延宇露出了惊慌的表情，脸色瞬间就变了。延宇的眼角微微上扬了起来，下巴也斜着，刚刚那天真烂漫的表情一下子就消失了。阿姨把手放在了女孩的双肩上，俯视着延宇。这样的举动好似在对延宇说，女孩的背后有自己撑腰。阿姨可能是想控制自己的情绪，长叹了口气，然后开口了："阿姨是世熙的妈妈。世熙脸上的伤口，是你造成的吗？"

我额头上的伤疤好像又开始隐隐泛起了刺痛。这也是我从来没有遭遇过的情况。我看向延宇。延宇只是一动也不动地站着,不作回答。

世熙妈妈看向我,对我说:"你和延宇是?"

"我是延宇的姐姐。请问是怎么回事?延宇做错什么了吗?"

世熙妈妈捋了捋额头上的头发,紧闭着嘴唇。这时保安爷爷从后面跑了过来,说道:"延宇这家伙又搞什么了吗?"

保安爷爷嘴里说出的延宇竟是这样的。世熙妈妈看着保安爷爷,有些苦涩地笑了笑,然后对着我说:"可以联系一下延宇父母吗?"

我回头看了看延宇。延宇来回转动着眼珠子的样子,好像陷入了无法摆脱的困境。我走到延宇身边,把手放在了延宇的肩膀上,尽可能平静地说:"延宇没有父母。"

世熙妈妈眨了眨眼,保安爷爷"啧啧"了两声。

"没有父母?一个都没有吗?"

保安爷爷感叹着看向我和延宇,似乎有些不忍心,嘴里发出了"唉"的叹气声。世熙妈妈对我说:"那你们家里的长辈是?"

"家里只有爷爷。不过现在可能联系不上。"

世熙妈妈放下了放在世熙肩膀上的手,似乎陷入了沉思。过了一段时间,她跟我说:"那我能跟你谈一谈吗?"

我回答:"好的。"然后和世熙妈妈向旁边的公园走去。我搂着延宇的肩膀,他的肩膀很硬,明显是抵抗的状态。瞬间,我强忍着的情绪瓦解了。

我低声训斥着他说:"你到底在干吗?"

我抓着延宇肩膀的手更加用力了些。延宇被迫默默地跟着我走了过去。世熙妈妈带着世熙走到了公园的长椅前,让世熙坐在了长椅上,然后对我说:"课后托管班的老师来电话说延宇打了世熙。这已经不是第一次了。这次是用手打了世熙的脸。伤口并不深。但是无论如何,也不能往脸上打,不是吗?"

我看向了延宇。看着延宇的侧脸,我竟然感受到了一丝卑鄙。我问延宇说:"你真的打人了?"

延宇没有回答。俯视着延宇的世熙妈妈坐在了长椅上。她用双手使劲儿压了压自己的脸,似乎在强忍着情绪,然后对我说:"我想看看延宇的书包和口袋。"

"什么?"

世熙妈妈疲惫地说:"延宇好像拿走了世熙的手机。虽然在没有确认之前,翻孩子的书包不太好,不过总是需要看一下的。"

我想起了之前警察来到家里时说过的事。延宇曾在便利店被发现偷东西,而且不是一两次。

我对延宇说:"把书包拿出来。"

延宇依旧一动不动。我提高了声音,又说了一遍:"给我书包。"

延宇咬紧了牙关,紧闭着嘴唇。这是我从未见过的样子,固执得可怕。

"给我书包!"

我勉强忍耐着的情绪没有收住,不自觉间声音加大。我用尽了力气从延宇身上拽下了书包,延宇的身体被我的胳膊撞到,他那单薄的身体被撞得摇晃着。我打开了书包的拉链,随手拿出了里面的东西。

公园人行道地砖上掉下了破边儿的教科书、笔记本、皱皱巴巴的家庭联络簿、饼干袋子、文具盒。我拉开了书包前面小口袋的拉链，在一堆碎纸片里看到了粉红色的手机。这不是延宇的手机。瞬间我全身的力气好似都被抽光了。

我紧盯着延宇的脸，把手机在他面前晃了晃："这是什么？"

延宇紧紧皱着眉头，把脸转向了一旁。后面传来了世熙的声音："妈妈，那个手机是我的。"

这段时间与延宇相处的点点滴滴划过了我的脑海。我感受到的是延宇的背叛，顿时火冒三丈："我问你这是什么？！"

我控制不住地将书包砸向了延宇的肩膀。延宇的身体被我打得摇晃着。这时有什么东西从延宇的书包里掉了出来，掉在了地砖上。世熙和世熙妈妈看到了掉出来的东西，同时发出了尖锐的叫声。我紧紧咬着牙，忍住不让自己叫出声来。

是一只死鸟。

这是一只有着蓝黑色羽毛的小鸟。小鸟的脚爪细得像小刺一样，几根脚爪拢在一起，僵硬着。世熙把脸埋在妈妈的胸前，哭了起来。

我抓着延宇的肩膀怒吼着："你说话！这是什么？这些都是什么啊？！"

延宇面无表情地瞪着不知道什么地方。看着延宇这样的表情，好像他天生就是这样的，无论怎么都让人讨厌。我的眼睛不由自主地睁大了，我好像听到了绷着的弦断了，内心再也压抑不住要爆发的情绪。这是激烈而原始的情绪，也是自己无法控制的情绪。瞬间我把右手抬了起来，拍向了延宇的脸。

"延宇姐姐！"

我猛地回过神来，好不容易压制住了暴怒的情绪。我想起了妈妈，徐正姬女士。我的脸上火辣辣的，这一切都让我感到羞愧和无比的慌乱。

13

爷爷低沉着嗓子说道:"这样的事情不能就那么算了。"

我将世熙妈妈的电话号码告诉了爷爷。爷爷走到玄关处,拿起了家用座机电话,给世熙妈妈打了电话。他们的通话持续了十多分钟。从门缝里传来了爷爷的声音。我听到爷爷不停地向对方道歉说:"对不起,我没教好孙子。真的很抱歉。"通话期间,爷爷重复了好多次抱歉的话。

我坐在沙发上,用手揉了揉脸。我从手指缝隙里看到了坐在餐桌前的延宇。延宇背靠着椅背,歪着头。他皱着眉头,不时地打个哈欠。这个样子的延宇,我实在看不下去了,干脆闭上了眼睛。

从公园回来，我一句话也没和延宇说。各种各样的情感在我心里交织着，乱七八糟的。我也因为自己想要对延宇动手的样子而感到惊慌，这样的举动让我倍感羞愧。至于延宇，我好像再一次感受到了背叛的滋味，这种感觉就像在胸口用刀子划开一样。但是延宇的样子是蛮不在意的。延宇面对这些情况，似乎是习以为常了。他一进家门，就把自己关在了房间里，没有说一句对不起，也没有向我说自己做错了。如果不是爷爷叫延宇出来说明情况的话，想必这孩子还能在房间里太平地打着呼噜，睡大觉吧。

厚颜无耻的家伙。

我向坐在餐桌椅子上的延宇走去。餐桌上的图案好像是笑脸一样，这时看着却觉得奇怪和诡异。

"今天是为什么？"

"什么？"

瞬间我努力平息下来的怒气竟然又噌一下涌了上来。延宇眼睛紧盯着餐桌。我站在他的面前，他也好像并没有要改变坐姿，仍旧是歪扭着身子，靠在椅背上。延宇的嘴角是上扬着的，好像是在挖苦我一样。我努力用平静的声音又一次问延宇："为什么抓伤了世熙?"

"不是故意抓伤的。"

"什么意思?"

"就是想打她的脸,因为没剪指甲,所以就那样了。"

我轻轻地咬了咬左边的嘴唇:"那为什么要打她?"

"是她先打我的。"

"她先打你的?打你哪里了?"

"胳膊。"

"为什么打你?"

"不知道。"

"那她的手机为什么在你那儿?"

"不知道。"

"不知道?"

"我说不知道就是不知道。"

我心里好似有股火气在体内乱窜。我强忍着颤抖的声音,干咳了两声:"世熙的手机在你书包里了。然后世熙说是你偷了她的手机。这样的情况,你竟然说不知道?"

延宇没有回答我的问题。取而代之的是,他竖起了指甲,开始抠着餐桌。餐桌发出了咯吱咯吱的声音,很是刺耳。这声音仿佛让我心中强忍着的火气变得尖锐和锋利。

"停下。"

"什么?"

"不要抠桌子。"

延宇停了下来。我用手扶着额头,继续问延宇:"那只小鸟,是怎么回事?"

"小鸟?"

"那只死了的小鸟。"

"我觉得它可怜,就给捡起来了。"

"什么?!"我哑口无言。

延宇说:"那只小鸟死了。是从树上掉下来摔死的。多可怜啊,为什么要把它扔进垃圾桶呢?"

延宇直视着我的眼睛,我从延宇的眼神里看到了倔强和坚持。延宇理直气壮的样子,让我感受到了冲击。我本就不平静的心瞬间动摇了起来,感觉被延宇的话侵犯到了自尊。延宇开口继续说:"小鸟是在隔音墙下面捡到的。我想把它埋在学校的花坛里。但是同学们总是吵着要看,所以我就给装到书包里了。我想把它带回家,把它埋到家里的花坛里。"

延宇说话的神情明显带着对我的责怪。延宇每说一句话,似乎都在戳着我的心。

我无法忘记扔在公园垃圾桶里的死鸟,它的黑色眼珠子历历在目。死鸟的眼珠子闪闪发光,却毫无生气。看起来好像还活着,但其实已经死掉了。

我咬着牙,对延宇说:"以后不要这样了。"

"什么?"

"不要去捡死鸟之类的。"

"为什么?"

我眼底都跟着抽搐着:"跟你说不许捡,就不要再捡了。"

"那到底是为什么?"

我艰难地咽了一口唾沫,试图滋润一下干涸的嗓子。我明显感觉到自己的心跳在上升,我咬紧了下嘴唇,强压着涌上来的怒火。我尽可能用平静的声音说:"延宇,你这是怎么了?"

"什么怎么了?"

迄今为止,我没有对任何人发过火。哪怕一次也没有。如果遇到让我不高兴的事,顶多就是扭头不理会,最多也就是瞪着眼睛看着对方。如果有让我无法承受的事,我也就是剪剪纸,实在不行就大哭一场,然后倒下睡觉。

现在面对延宇,我却没有办法像以前一样。我内心深处油然而生的背叛感、挫折感交织在一起,让我感觉到的是愤怒、绝望、恐惧、憎恨、悲伤,说不清道不明的感情凝聚成黑乎乎的雾团,不断地侵蚀着我。这样的情绪在延宇抠桌子发出声音后开始原地爆炸。

"嗒嗒嗒,嗒嗒嗒,嗒嗒嗒。"

延宇开始用手指甲抠着餐桌,发出了刺耳的声音。

我额头上的疤痕好似被烧得滚烫。延宇抬了抬头,看向了我。餐桌上滑稽的笑脸和延宇的脸重合在一起,我终于忍受不住内心的汹涌,冲着延宇大喊:"让你不要捡,就是不许捡!"

我边喊边抓住了延宇的肩膀,使劲儿摇晃了起来。这样的动作我从来没做过,只有在电影或者电视剧里看到过。延宇眼中布满了恐怖,刚刚看着我那嚣张的眼神也消失了。延宇的样子竟让我感受到了一种释放,好似我压抑着的怒火找到了宣泄口,我手举过头顶,喊着:"你为什么不听话!"然后猛地朝着延宇的脸和肩膀、胸部砸了下去。我打出去的手撞到了餐桌,啪的一声,但我完全感受不到疼痛。

"啊——!"

延宇用野兽才会发出的声音哭喊着向我扑来。延宇又小又硬的身体深深地砸进了我的肚子。我哼了一声,踉跄着倒退了一步。延宇像坚硬的石头,也像一只野兽。他看到我的身体倾斜着,吼叫了一声,冲向我使劲儿推了一把。我惨叫了一声,跌倒在了客厅。

"在干什么?!"

是爷爷。爷爷穿着鞋子从门廊跑到了客厅,拿起沙发上厚厚的人造皮革垫子,砸向了延宇。即便是靠垫,打下去想必也很疼。延宇被推到了旁边,被爷爷打得马上就倒在了客厅的地板上。"你这个臭小子!怎么敢对姐姐动手!"伴随着的是爷爷打下去的啪啪的声音。

延宇躺在沙发前面,蜷缩着身体。他用双臂抱住了头部，弓起膝盖挡住了腹部。延宇似乎是习惯性地摆出这种防卫性的姿势。顿时我一激灵。我身上起了鸡皮疙瘩。我觉得我做的事和爷爷现在做的事都很可怕。

"爷爷！爷爷！"

"别挡着。"

爷爷推开了阻挡在延宇前面的我。我也一直倒在客厅的地板上。爷爷被气得满脸通红，眼神也很可怕。这不是曾经漠然的脸，延宇也看到了爷爷的脸。这种表情不仅在爷爷身上，刚才也在我身上看到了吧。当然这种表情在妈妈徐正姬那里更是经常会看到的。

"爷爷，不要打了！"

我赶忙爬起来一把抱住了延宇。延宇那被汗水浸湿的头发贴着我的脸庞。我能感受到被我抱着的延宇此时正在瑟瑟发抖，就像受冻的人一样。我抬头看向爷爷，祈求着说："爷爷，是我错了。是我先动手的，是我的错。"

爷爷喘着粗气，垂下了拿着垫子的胳膊。延宇哭了起来，声音小小的，好像生病了呻吟似的。我用手顺了顺延宇的头发，擦了擦延宇眼角和脸颊上的泪水。我轻声地对延宇说:"延宇,对不起,是姐姐错了。"说出这些话的瞬间,我的泪水夺眶而出,我为自己的情感感到困惑。我都不敢相信,我刚刚竟然出手打了延宇。爷爷用胳膊支撑着身体,瘫坐在了沙发上。

过了一会儿,爷爷用低沉的声音说:"你们俩收拾一下,准备出门。"

爷爷看向我,继续说:"等会儿去一趟世熙家里。这件事需要登门道歉。"

"好的,爷爷。"

我抱着延宇,将他扶了起来,让他坐好。延宇的脸上还有未干的眼泪。我赶紧拿了一条湿毛巾,给延宇擦了脸,然后也将自己的脸擦干净了。

我看向了延宇:"延宇,小鸟的事就算了,全当你说的对吧。世熙脸上的伤口的事,你也交代了。那手机呢?世熙的手机是你拿了放到自己书包里的吗?"

延宇哭着说:"我就是跟她借了一下,然后就忘记还给她了。"

我闭上了眼睛。延宇你到底在说什么啊?我强忍着想要质问延宇的怒火。我平复了一下心情，对延宇说："这件事你做错了。知道吗？"

延宇点了点头。

"进去换件衣服，挑一件整洁一点的。"

延宇走进了自己的房间。

我用双手整理了一下散落的头发。我想起了刚才我内心无法控制的情绪，那种情感爆发出来的杀伤力真是可怕。我刚才对待延宇那种残忍粗暴的样子，在脑海里挥之不去。这样的我，就连我自己都没办法接受。我突然觉得，看到这样的我，妈妈徐正姬是不是会在某个地方偷偷地笑。

14

　　世熙家住的宫殿公寓，其实与宫殿相距甚远。宫殿公寓是小洋房区里比较大的洋房。虽然想着尽量早点儿拜访世熙家，但我们紧赶慢赶到世熙家门口时，也有十点了。我想着，这个场合我是不是可以不用跟着一起去，但是爷爷通知我，尽量穿得正式一点。我挑来挑去，最后还是把校服穿在了身上。

　　宫殿公寓门廊上的感应灯亮了起来。

　　爷爷说："延宇你等会儿好好道歉。如果对方问你什么，你谦虚谨慎地回答。"

　　延宇低着头回答："知道了，爷爷。"

　　爷爷在玄关门口，按下了对讲机。

"宥莉,你也好好表现。"

对讲机里响起了通话声。我整理了一下衣服,看向了延宇。延宇穿着格子衬衫和干净的牛仔裤,看样子还真不错。延宇的衣服很得体,虽然没有褶皱,但我还是给延宇整理了一下衣服。手指触碰到延宇小小的身体,仿佛可以消除我俩刚才剑拔弩张的对立情势,心情也似乎放轻松了一点。希望延宇也能和我一样,从刚才的情绪中走出来,放轻松。

"您好。请稍等。"

对讲机里传来了男生的声音。听起来应该是和我差不多大的男生。这让我不由得紧张起来。这附近的高中只有我们一所学校。二楼楼梯间的窗户亮了,接着传来了噼里啪啦的下楼梯的声音。关闭的玄关感应灯啪地亮了起来。

下来的是世润。

我没想到世熙的哥哥竟然是世润。世润穿着一身灰色的运动服。世润也看到了我,我从他的表情里看到了惊讶。世润赶紧打开了门,向爷爷打了声招呼。爷爷说着:"对不起,打扰了。"然后他走进了玄关。延宇也随着爷爷走进了玄关。我转了转下巴,深深地吐了口气。

世润对我说:"你不进来吗?"

"进去。"

我跟着世润上了二楼。门口站着世润的妈妈。爷爷和世润妈妈相互鞠躬打了招呼。

进了客厅,延宇向世润妈妈和世熙鞠躬道歉说:"对不起,我做错了。真的很抱歉。"

延宇是按照爷爷说的做的。我看向了世润妈妈的脸色。世润妈妈直直地看着延宇,停顿了一下。我特别庆幸,这样紧张的氛围没有僵持太久,世润妈妈的脸色就缓和了,不再是那般僵硬。世润妈妈对延宇微笑着招呼他进来坐。世润妈妈看了看站在后面的我,还看了看我穿着的校服,回头又看了看站在旁边的世润。

世润开口说:"她叫徐宥莉。和我是一个班的同学。"

"真的吗?和延宇姐姐是同学呀。"

世润妈妈对我露出了礼貌又尴尬的微笑,然后把我们引到了明亮的客厅。世润妈妈说,世润的爸爸还没有回家。客厅沙发前面的桌子上摆放着茶杯、水壶、橙子和猕猴桃。

我小心翼翼地走进了世润家的客厅。不知为什么,我总感觉脸上火辣辣的,也不敢大大方方地看向前面,目光不由自主地往下落。世润家的客厅一边放着钢琴,另一边放着书架。室内的空气很温暖,好像喷了芳香剂,能闻到飘逸着的淡淡清香。

世润妈妈不好意思地说:"是不是味道太重了?世熙说家里来客人,所以喷了芳香剂。"

世润妈妈转头看向我,对我说:"刚才在学校门口,阿姨有点失态了。当时太生气了,也没控制好说话的语气。还挺不好意思的。"

我急忙摇头说:"没有没有,要道歉也该是我道歉的。真的很抱歉。"

这位阿姨身上似乎没有缺点,看起来完美无瑕。到现在为止,世润妈妈没有一丝一毫做得不妥当的地方。无论是她的行动还是语言,都是恰到好处的。世润妈妈看起来是极其精明又老练的人。她让我感受到了她的善意和恩惠,但我的内心对此并不感到愉快。

世润、世熙、世润妈妈、我、爷爷、延宇,我们围坐在了一起，把小桌子放到了客厅的中间位置。我们道歉的过程很顺利。爷爷站起来真诚地鞠了躬，说："真的非常抱歉。"世润妈妈也站起来接受了道歉，鞠躬回了礼。延宇也低着头，再一次向世熙道了歉。世润妈妈和世熙都纷纷说："没关系。"世润妈妈还摸了摸延宇的头，嘱咐似的说："以后不要再这样了。"

我还是第一次经历这种登门赔礼道歉的。正式道歉结束以后，突然安静了下来，气氛也有点尴尬。大家不知道该继续说些什么的时候，世润打破了寂静。他用小叉子叉了一块儿猕猴桃，推向了我，然后说："宥莉和我是一个社团的。还有朱峰和美希。我们四个人一起。"

世润妈妈抬起了头，微笑着说："是吗？美希也一起参加呀？"然后转头看向了我，"我家世润在学校怎么样呀？还可以吗？"

我突然想起了今天在学校的事。世润用拳头砸向了书桌，帮助了当时处于困境的高香淑老师。当时的世润真的很不错，不过想来在这种场合说这些事，也不太合适。当然，也不好在爷爷面前说什么"假牙硬邦邦"之类的话。

我说:"世润各方面都很优秀,学习也特别好。就连休息时间都在学习。"

世润妈妈说:"原来世润这么优秀呀。"然后笑了起来。

世熙似乎也发现氛围轻松了,向妈妈一侧倒了下去,撒娇着说:"我休息时间也都是在学习呢。"

世润妈妈扶起了世熙,拍着她的肩膀说:"怎么学了还不会呢,我们的九九乘法小公主。"

两家人聊起了琐碎的事。世熙是二年级的学生。爷爷说自己是出租车司机,我们家里情况比较特殊,所以由他来抚养我和弟弟两个孩子。世润妈妈感叹着,爷爷真是挺不容易的,自己养两个孩子太辛苦了。

说实话,这种场合我真的想马上离开。我穿着校服坐在地上,非常不方便。跪坐着时间久了,腰也紧绷着,腿脚也酸胀。我都有点担心自己的腿还能不能好好地站起来,感觉跪坐的膝关节都扭曲了。

我抬头看向了对面的书架。书架上摆满了各种各样的书籍。我有点无聊,便把目光投向了书籍的名称上面。我竟然看到了有关领养的书，而且领养方面相关的书籍竟然多到填满了书架的整整一排，下面放着的是玻璃材质的感谢牌和资格证书之类的。从我坐的位置抬眼望过去，看不清楚具体都是什么证书。书架的旁边还挂着一幅大大的全家福照片。

这是世润爸爸、世润妈妈、世润和世熙在影楼拍摄的全家福照片，照片里面穿着西装的世润爸爸和穿着正装的世润妈妈坐在椅子上，世润和世熙两个人站在爸爸妈妈身后。四个人的脸上都洋溢着微笑。照片里的人，好像从上面俯视着我们一样。

我眨了眨眼睛，再次看向了照片。我感觉到哪里有点不对劲儿。

世润在全家福照片里很显眼。从世熙的脸上能找出和她爸爸妈妈一样的地方，但世润脸上完全没有他爸爸妈妈的影子。世润从肤色上就和爸爸妈妈，还有妹妹不同。他的肤色非常白，在照片里能看出异样来。突然，我将目光移向了书架——领养？

我仔细地看了看世润和世熙，还有世润妈妈的样子，然后再次望向了书架旁边的全家福照片。这时,我不经意间和世润对上了眼。我赶紧移开了视线,不过划过世润脸上时,我明显感受到了世润脸上一闪而过的慌张和羞涩。这种情绪我简直是太了解了。我可以确定世润是领养来的孩子。我好似窥视了世润的秘密。

15

我听到了鸟鸣声,顿时被惊醒。一想到我竟然不是被手机闹钟声叫醒,而是听到了鸟鸣声,我便打了个激灵。我赶紧拿起手机,看了一下时间——6点30分。

我瞪大了眼睛,这比平时晚了半个小时。看来是闹铃声没能把我叫醒。我赶紧爬了起来,不得不抓紧时间了。我打开了房门,三步并作两步地去了厨房。水槽里放着沾有泡菜汤的饭碗、汤碗和勺子。我一下子清醒了过来。果不其然,电饭锅里空空的。我打开了放在燃气灶上的小汤锅,秋葵汤也没有了。想来是昨晚爷爷下来自己热着吃了消夜。

爷爷还真是吃得干干净净的,一点儿都没剩。

如果是以前,我可能会饿着肚子去学校,这又不算什么大不了的事。但现在我所顾及的不同了，我不想让延宇饿着肚子去学校。我虽然也可以给他买面包、年糕或者麦片之类的来代替早饭，但总觉得应该让延宇吃上一口热乎乎的米饭。我想如果在学校有人问起延宇说："你早上吃饭了吗？吃的什么？"我希望延宇会回答说："吃米饭了呗，还能吃什么？"

我把头发扎了起来。现在做米饭肯定来不及了，我打开了冰箱的冷冻室，幸好里面还有冷冻的两小袋米饭。两个人吃可能不够，但再煎两个鸡蛋，差不多就能对付一顿了。因为没有汤，我拿出了泡菜和海苔。

我将平底锅放在了燃气灶上，滴了两滴油，然后急忙跑到了延宇的卧室门口，敲了敲延宇的房门，嘴里喊着："延宇！快起床！"我把冷冻的米饭放在了碗里，用微波炉加热，然后在平底锅里打了两个鸡蛋，把海苔拿出来，装在盘子里，放到餐桌上。从房间里走出来的延宇揉着眼睛，好像还没睡醒似的，坐在了餐桌前面。我用沾了水的手掌压了压延宇翘起来的头发。我催促着延宇："延宇，你赶紧吃饭。"

我和延宇准备妥当以后,向公交车站跑去。我边跑边用手机确认了下公交车到站的时间。我们好不容易才赶上了最近的一班公交车。

上了公交车,我和延宇向后排走去,并排坐在了最后一排的座位上,然后大口大口地喘着粗气。

"教科书?"

"带了。"

"笔袋?"

延宇歪着脑袋,想了想说:"好像是带了。"

我接过了延宇的书包,拉开了拉链,拿出了笔袋。笔袋里面只有一块儿橡皮。我看了延宇一眼,对于他的粗心大意也是无可奈何。我从我的书包里拿出笔袋,挑了两根铅笔放在了延宇的笔袋里。延宇的书包里没有水杯,我把自己的水杯也放在了延宇的书包里。延宇嘀咕道:"学校里有饮用水龙头。"

"嗯,我们学校也有。"

公交车行驶过减速带时,座位不停地颠簸起来。我将延宇的记事本也一一检查完以后,拉好了书包拉链,把书包递给了延宇。

延宇和世熙之间的事已经过去两天了。我之前单纯地以为延宇只是学习不太好，没想到延宇是一个连自己的教科书都管理不好的孩子。学校下发的家庭通知单被延宇随随便便地扔在了书包里，被挤得皱皱巴巴的，窝在角落，其中还有几张已经超出递交时间的申请书。我在里面翻到了参加基础知识学习的补习班申请。

四月初，延宇的班主任老师突然申请了休育儿假。延宇的班级就交给了临时聘请的代班老师负责。临时代班的班主任老师似乎对延宇很不上心。我向延宇的新班主任老师了解了延宇在学校的情况，延宇在学校的情况可以说是一团糟。

延宇在学校很爱骂人，和同学之间也经常吵架。老师说延宇会因为一些小事突然发火，而且也会说谎。延宇从来不做作业，不仅不会背九九乘法表，就连数学评价考试也只拿到了三十分。延宇上托管兴趣班时行为也没有收敛，仍旧是我行我素的。老师说，曾在独轮自行车的兴趣班里，有个同学就是因为延宇转了科目，放弃了独轮自行车课程的。

我把目光投向了车窗外的高速公路上。自从和延宇一起生活开始，我独自的学习时间就减少了不少。我没有想到照顾一个孩子需要这么多的时间，而且因此很难集中精力做自己想做的事。我的脑海里闪过好多想法——我好像没有过那么多的问题，自己也平安无事地长大了；现在我自己想管好自己都很难，哪有时间去管那么多的事；赶快过完两年的时间，我好轻轻松松地离开这个地方……

公共汽车向学校的方向驶去。公交车在路口遇到了红灯，缓缓地停了下来。公交车停下的路口正好是我们学校门口。在从正门往学校里走的同学里，我看到了美希的身影。我抬起下巴，环视着周围，竟然也看到了朱峰。朱峰正和一群大块头的男生一起从便利店里走出来。我打开了手机，找到了我们聊天的聊天室。

——我看见你俩了。

美希和朱峰都停下了脚步。美希在学校门口，朱峰在便利店门口，两个人同时回头向四处张望。看到我在公交车上，美希朝我挥了挥手，朱峰看到我摇了摇头，吧唧着嘴拿着手机给我发了消息。

——大姐，你好像要迟到了。

绿灯了，公共汽车行驶了起来。我看了看时间，距离八点整还有十五分钟。我从座位上站了起来，带着延宇走向公共汽车的后门。七点五十分左右应该能到延宇的学校。看来送完延宇，我就得快点跑了。

延宇一边下车，一边对我说："我可以自己到学校的。"

延宇在学校的华丽"战绩"中，曾有过不进教室、在外面徘徊的事情。我勉强地笑了笑，对延宇说："没关系，走吧。"

延宇走进了学校，我蹲在地上，系紧了鞋带，脚背被裹紧，顿时紧张感也随之袭来。

"徐宥莉？"后面传来了喊我的声音，紧接着又听到了一个女声："姐姐早上好！"

我回头一看，是世润和世熙。我问世润："咦？你怎么在这儿？"

世润拍了拍世熙的肩膀，说："我是来送世熙的。我妈妈今天开始上班了。"

世润对世熙说："快进去吧。"世熙挥了挥手，对世润说："哥哥再见！"然后她扭头对我笑了笑，跑进了学校。

看着世熙对我这样只见过两次面的人都能开心地笑,真让人感叹和羡慕。世润用运动鞋点了点地,对我说:"我们是不是该跑了?"

只剩下五分钟了。八点前没有进教室,一律按照迟到处理,会罚一分。

世润和我背着书包,开始跑了起来。虽然我们学校和延宇学校是挨着的,校门却正好相反。这条路上,向学校奔跑的不只是我和世润。有很多像我和世润一样奔跑着急赶往学校的同学,也有毫不在意罚分、晃晃悠悠地向学校走去的同学。我没跑多远就上气不接下气,世润跑在我前面,看我没有跟上来,他放慢了速度等我。

我喘着粗气对世润说:"你快跑吧,不用等我。"

世润一边跑,一边对我说:"行了,赶紧跑吧。"

世润和我通过了校门,穿过了操场,进了教学楼的门厅。我们班级的教室在五楼。我艰难地爬到二楼,气喘吁吁的,好像马上就要晕倒了。世润抓住了楼梯栏杆,捯了几口气,俯视着满脸生无可恋的我。我也看向了世润,如果是他一个人,一定会准时进教室的吧。世润还真是一个讲义气的人，让人无形中会对他产生一种信任感和依赖感。

我喘着气说："我加油。"

世润和我走上了最后一级台阶，然后向教室飞奔起来。走廊上空无一人。我和世润喘着粗气从教室后门偷偷摸摸地溜了进去，本想着悄悄地走到自己的座位，没想到全班同学都齐刷刷地转过头，看向我和世润。

正在开早会的高香淑老师冲着我和世润笑了笑说："两个人，每人罚一分。"

我看了看时间，八点三分。我和世润的身后传来了哐哐的脚步声，秉奎和振盛喘着粗气慌慌张张地跑了进来，随之传来了一股汗味儿。

高香淑老师对秉奎和振盛说："你们两人也是每人罚一分。"

秉奎和振盛皱着眉头，朝座位走去。秉奎在经过世润的时候，小声嘀咕说："一大早的，真是晦气。"

世润装作没有听到一般，扭了扭头。

16

流淌着R&B歌声和旋律的咖啡厅里冷冷清清的。整个咖啡厅好像只有教室的一半大小,有十多张桌子,其中玻璃窗前是狭长的可以放笔记本电脑的桌子。咖啡厅左侧是用半透明玻璃做成的隔板,单独隔出了一个空间。我和世润、朱峰,还有美希收起了雨伞,走进了咖啡厅。玻璃门上打上了雨水,雨水顺着玻璃画出了一条线。

"美希来了呀?"戴着蓝色帽子、围着蓝色围裙的服务员姐姐走了过来,招呼着道。

美希低着头,说:"您好。"

世润和我、朱峰也跟着美希一起打了招呼。

服务员姐姐说:"我接到了老板的电话,里面给你们空出来了。"她指了指里面的隔间,那里有一张六人位的桌子,桌子上面放着"已预订"的牌子。

我们走了进去,在米黄色原木桌前坐了下来,放下了包。朱峰环顾了一下四周,发出了感叹声:"哇,这里还真挺不错啊,确实能提高学习效率。"

美希拿着菜单走了过来。说实话,饮品旁边的价格吸引了我的注意,但我还是装作若无其事的样子点了一杯美式咖啡。朱峰在菜单里挑选了一个名字最奇怪的饮品,美希点了一杯甘菊茶,世润点了一杯摩卡咖啡。然后我们各自拿出了自己的复习资料,准备进行期中考试复习。

是美希提议说可以去咖啡厅复习的,距离期中考试还有三天。中午吃饭的时候,朱峰嚷嚷着学不进去,抱着头哀号着。这时世润说,可以尝试去带有自习室的咖啡厅,朱峰却说:"天啊,那里可更让人喘不过气来。说是咖啡厅,其实就是自习室。"美希犹豫了一下,询问我们要不要去咖啡厅学习。

平常在家对着电脑学习,不自觉地总会去触碰鼠标,用电脑看看这个,看看那个。爷爷在家里,不用担心延宇没有人照顾。我想了想，点点头说可以。世润也应声说好。朱峰说了些有的没的，突然来了一句"我是听说在咖啡厅学习，会提高学习效率"。很明显是想和我们一起去咖啡厅学习了。

世润加入我们三个人的团队有二十多天了。自选社团的主题我们暂时定的是影视鉴赏，但目前还没有一起去看过电影。我们在聊天室里比较了一下老师强调的课程内容，备考的氛围被营造得满满的。午饭的时候世润也开始加入了进来，美希对世润十分关照。我知道朱峰对这件事看似不在意，但多少也是有些在意的。

这里真的很适合学习。单独的隔间很舒适，咖啡厅的环境也很安静。坐在这里能听到外面的雨声、咖啡厅里播放的音乐声，还有安静地交谈着的对话声。对面坐着的世润写字沙沙作响的声音和美希翻阅习题集的声音，都刺激着我的神经，有助于我集中注意力，增加紧张感。

我瞥了一眼美希做的习题集，咽了咽口水。我看着上面的内容，发现习题的水平高得不像话，这些都是奔着满分去的同学才会做的题吧。美希在习题集旁边，密密麻麻写着的便条纸，也不是闹着玩儿的。即使不比较分数，也可想而知我和美希的差距。看着美希，我的内心有羡慕，也有焦虑，但是唯独没有嫉妒。

我们的旁边也偶尔会有人来来往往，但这些并不会影响到我们学习。世润和美希都属于会学习的学生，简直可以说是得心应手。如果只谈"努力"，我想我也是努力的，我们这里只有朱峰是个例外。

朱峰用胳膊支着下巴，翻翻这本习题册，又翻翻那本习题册，心不在焉的。美希叹了口气，对着朱峰唠叨了两句。朱峰站了起来，说要去前台点一杯咖啡，一去却很久都没回来。好不容易回来坐下还没一会儿，朱峰又站了起来，说要去趟卫生间。朱峰就这样进进出出了好几趟，最后终于坐了下来。他打开了基础题的复印资料，拿着笔记着什么。突然，朱峰好像站岗望风的鼬鼠一样直起了腰板儿，兴致勃勃地说："喂，我们期中考试结束以后，去游乐园吧！然后再去看电影！我们社团不是影视鉴赏吗，怎么能不去看电影呢？"谁也没有反应。闷闷不乐的朱峰看了一会儿手机，又翻了翻复印资料，安静了下来。

我和世润、美希看了看朱峰,他正枕着伸直了的胳膊,发出均匀的呼吸声,显然已经睡熟了。我们屏住呼吸偷偷地笑了起来。看着朱峰的复印资料,我没忍住,笑出了声音。复印资料的答题处没有一个答案,只在纸面上空白的地方写着一堆文字。

朱峰写的是诗。虽然我也在怀疑这能不能算作诗,但不管怎么说,看起来是诗歌的形式。看着在有限的纸面上写着的歪歪扭扭的小字,我好不容易才忍住了笑声。

我轻轻拍了拍桌子,美希和世润看向了我。

我看了看他们,笑了笑,读起了朱峰的诗——

永不停歇的备考生活,

努力换来的却是卑微的考试成绩。

去年那不堪入目的期末分数,

我永远都不想再次想起。

但我无法放弃,

无法放弃这条注定只有心酸的路。

前方布满荆棘,我仍旧昂首阔步。

经历过失败的人才懂得重新崛起，

我一次又一次，一次又一次，不停地尝试。

不知道谁没有忍住，笑出了声来。美希趴在桌子上，笑得肩膀直颤。

我擦了擦笑出来的眼泪说："朱峰到底是学了多少，能写出这么悲壮的诗。"

美希说："谁看都以为他为了学习三天三夜没睡觉呢。"

世润站了起来，捡起了朱峰掉的复印纸放在了桌子上。地板上还有几张不知道是什么时候掉下去的复印纸，世润顺便一起捡了起来。

世润看着纸上写的东西，锁紧了眉头，好像在读纸上写着的东西。

"写的是什么？还有诗？"

"这首诗还挺像样的。"

世润把纸张放在了桌子上。白色的A4纸的中间，清清楚楚地写着一首诗。我和美希好奇地站了起来，伸长了脖子，读了读朱峰的第二首诗。这首诗还有题目——《给我一把斧子》。

  我只是生不逢时。

  我是多么想拔出斧子，打碎敌军。

  我想要站在千军万马之前，

  浩浩荡荡地奔走在山林间，

  那里尘土飞扬。

  我多想拯救百姓于水深火热，

  驱赶敌人，保护一方。

  回到村庄，那豪情万丈融于一坛美酒，

  让我尽情豪饮，不负年华。

  可是，如今我却手握枝条般的圆珠笔。

  给我一柄剑。

  给我一支长矛。

  给我一把斧子。

  我只是生不逢时。

我眨了眨眼睛，从头到尾仔细地读了一遍朱峰的诗。虽然还是有些粗糙，但还说得过去。朱峰的诗里，有触动人内心的东西。

美希皱着眉头说："他不会是游戏打多了吧。"

世润摇了摇头："不是的。这首诗的想法，我是百分百赞同的。其实学校这种地方本来就不适合朱峰。因为学校有它专门希望和想要培养的一部分人，但不是谁都是这样的人。"

世润说得没错。学校是为了一部分人的成功而搭建的平台。只有那些能坐得住的、注意力集中的、头脑灵活的学生才是这里的主角，他们可以在这残酷的竞争里脱颖而出，占据有利的位置。这里不公平的不仅仅是经济因素。学校优待的是天生具有那些特质的学生，而这些学生是不平常的。所以我们在学校的竞争，归根结底，也没有什么所谓的"公平"。

我转过头看了看朱峰。朱峰去年的班主任老师对朱峰的评价就很高。那个老师曾说朱峰早晚有一天会成大器。如今想想，朱峰的诗《给我一把斧子》和老师说的话，倒是对得上的。

美希小心翼翼地站了起来,身体向朱峰的位置倾了倾。美希用她又白又细的手指摸了摸朱峰乱七八糟的头发,给他整理了一下。

"学习不太行,睡觉倒是很行呢。"美希的样子甚是可爱。

我和世润瞪大了眼睛,惊讶地张大了嘴巴,看向了微笑着的美希。

美希轻轻地说:"没关系,他还睡着呢。如果就我俩单独在一起的时候,那就得稍微注意一下了。"美希腼腆地笑了笑。

我的嘴还没来得及合上,结结巴巴地说:"美希,你……你!"

美希竖起了食指,放在了嘴巴前面,对我说:"可别让朱峰知道呀。"

世润发出了"哇"的声音。我向后倚着靠背说:"这时候是不是应该有应景的成语?"也不知道是不是我的声音大了,朱峰缓缓地睁开了眼睛。朱峰睡眼惺忪地环顾了一下周围，然后喃喃自语道："太热了，你们不觉得热吗？"

世润和我，还有美希都笑了，调侃道："睡得好吗？""怎么办，这一觉睡的，一天都过去了。""朱峰你还打呼噜呢。"

朱峰听着，笑了笑。朱峰下决心说："再去点一杯咖啡，然后要真正开始学习了。"

就在这时——

"喂，你知道什么是领养吗？"

我脸上的笑容顿时消失了。这话是从隔板外传来的，是一个男生的声音。我不由自主地看向了世润，世润也在看我。原来，表情僵硬的不仅仅是我一个人。

后面又传来其他男生的声音。

"什么是领养啊，快说来听听。"

另一个男生接话说："你是不是傻啊，连领养是什么都不懂。领养就是没爸没妈，被别人养着的孩子。我们班也有啊，你不知道吗？"

紧接着传来了一阵阵笑声。他们好像是在演戏一样，用极其夸张的语气说着难听的话。传来的是熟悉的声音，即便不用看，也知道是谁。我垂下目光，眨了眨眼睛。我感觉到呼吸都不畅通了。

世润背后隔断的另一侧，坐着的是秉奎和振盛。

17

朱峰一边扑哧扑哧地嚼着玻璃杯里的冰块儿,一边向左向右转了转眼睛:"怎么回事?气氛怎么这么奇怪?我又做错什么了吗?"

世润勉强地笑了笑说:"没事,和你没关系。不是什么大不了的事。"

朱峰眉头一皱,露出了疑惑的表情。我咽了咽口水。前台传来了嘈杂的磨咖啡豆的声音,然后又安静了下来。透过世润身后的半透明玻璃隔断,可以看到相对坐着的秉奎和振盛的上半身。

振盛大声地说:"你说的是真的假的?咱班有被领养的?"

秉奎说:"那当然了。"

"是谁啊?真是让人忍不住好奇啊。"

我紧闭着双唇,用力地抿着。如果说谁是被领养的孩子,首先确定的就是我。我并不能百分百确认世润是被领养的。我抬头看了看世润的表情。世润的眼睛直勾勾地看着桌角。我屏住了呼吸,紧紧地握着圆珠笔,食指都泛白了。我不由得担心起来,害怕秉奎会说出谁的名字。

秉奎的声音继续传了过来:"就是上课哐哐敲桌子的那个自以为是的家伙。"

秉奎的话证明了我的猜测,复杂的情感席卷而来,既尴尬又悲哀。可能因为秉奎说的不是我的名字,我竟然松了口气,对此我是心怀愧疚的。我用担心的眼神看了看世润。美希和朱峰也在看着世润。世润脸颊的肌肉隆了起来,随着呼吸又慢慢地恢复了正常。

振盛继续说:"哎呀,是那家伙?那个爱在班主任面前表现的倒霉蛋?他竟然是被领养的?"

秉奎接着用嘲笑的语气说:"你不知道,他是从婴儿箱里领养的孩子。婴儿箱你知道是什么吗?"

世润的脸涨得通红。关于婴儿箱的事,我也听说过。在教堂的墙上有个小门,用手拉开门,就出现了一个可以放婴儿的箱子,一些人会将无法照顾的孩子装在箱子里。进入婴儿箱的婴儿暂时由经营婴儿箱的人照顾,然后会同领养机构或者保育院联系。

振盛那讨厌的声音再次响起来:"婴儿箱啊,那是什么?礼物盒那种吗?"

秉奎降低了声音,神秘兮兮地说:"孩子生下来养不了的,就把孩子装在箱子里,然后离开。"

"哇,还可以这样啊?生完孩子可以不养的吗?"

"所以说这里是福利国家啊,非常先进了。"

我看向了世润的脸,看来婴儿箱的事情是事实了。世润苦涩地笑了笑,转过了头。世润的表情看起来有点僵硬和尴尬,但似乎不是第一次遭遇这种事了。我突然想起了世润对我说过的话——"所有人都很难承受背后的谣言。你没有过吗?"

振盛说:"那家伙可得对养父母好一点啊,要尽孝啊。这是拯救了他的人生啊。"

秉奎咯咯地笑着说："呀，他简直就是个养不熟的白眼狼。听说上次在教堂，他和自己的养母大吵一架，教堂里没有一个人不知道这事儿。这家伙可是一个脾气臭的硬石头，打架的时候还摔了盘子呢。"

"还真是个不孝子啊。这种家伙得有人教训一下才行。要不，我们当一回正义使者怎么样？"

每当秉奎和振盛说这些的时候，我明显能感觉到世润的头就往下沉，这是一种束手无策的状态。虽然秉奎和振盛将矛头指向了世润，毫无保留地对世润展开了攻击，但坐在一旁的我同样也感到了愤怒和不适。

美希的脸色很苍白，抬头看向我："他们是谁？"

看美希的态度，似乎也知道世润是被领养的事。我突然感到嘴唇发麻，说不出话来。秉奎和振盛的对话像一把剑一样刺痛了我，打断了我的思绪。我也是被领养的。但他们只针对世润。我不知道该怎么办才好，仿佛灵魂都出窍了。我有好多好多话想说，但又一句话也说不出口。

朱峰挺了挺腰板："喂喂，你们表情怎么这么奇怪？是不是有什么瞒着我的事儿？还有，后面那群嚷嚷的家伙是谁啊?"

世润这会儿脸上已经积满了疲惫。他看着朱峰,勉强地笑了笑:"他们说的是我。"

朱峰皱起了眉头:"说你?你怎么了?"

"他们说的被领养的孩子,就是我。"

朱峰眉毛皱得更深了,好似不理解地问:"你是被领养的?你爸妈不是亲爸妈?"

世润低下了头,缓缓地说:"当然是亲父母。只是他们没有生下我而已。我不知道生我的人是谁。"

"这有什么问题吗?"

世润抬起了头,"嗯?"了一声看向朱峰,朱峰的态度是世润意料之外的,也是我意料之外的。

"你不是经常去教会吗?肯定在祷告的时候说过感谢我的父母。这就够了啊。被领养有什么可大惊小怪的,自己生活得幸福就行了呗。话说回来,后面那群家伙都是什么东西?可真让人讨厌啊。"

朱峰皱了皱眉,抬起了胳膊擎住了下巴。他想了一会儿,突然睁大了眼睛,提高了嗓门儿大声说:"他们就是你们班上叫秉奎和振盛的家伙吧？上回在课堂上捣乱的那两个浑蛋。他们现在就坐在那边故意嚷嚷说领养这领养那的？"

朱峰一手薅住了自己的头发，气得直喘粗气："我……真是……气死我了。这两个狗杂种！"

朱峰愤怒地站了起来，椅子发出了刺耳儿的声音，然后向后掀了过去，砸在了地板上。朱峰的额头上青筋暴起，脸涨得通红。如果朱峰手里握着把斧子，这会儿应该是把桌子劈成两半儿吧。

朱峰怒气冲冲地要走出去。

"这时候犯傻就输了。"

轻轻淡淡的声音响起，朱峰顿时停了下来。是美希。朱峰强迫自己压下怒火，小声地回复美希说："怎么了？是不是我刚才嗓门儿太大了？"

美希把头向后仰了仰，视线看向了天花板上的吊灯。过了一会儿，美希看着朱峰说："这样的时候，如果哪一方失误了，就是哪一方输了。你现在这种状态，过去替世润出气，会失误的。"

美希看了看被掀翻的椅子，然后对朱峰说："还有，朱峰你真的太吵了。"

朱峰赶紧弯下腰,扶好了刚刚由于太过激动掀翻了的椅子。

世润和我看着朱峰和美希。像小兔一样温柔文静的美希,竟然用一句话就能让熊一样的朱峰马上变得乖乖巧巧。

美希从书包里拿出了记事本,然后对我们说:"宥莉、世润,你们都有记事本吧?没带的话用手机备忘录也可以。"

我拿出了手机。世润从书包里翻出来记事本。美希转过头看向朱峰,说:"你也把手机拿出来。"

"我妈妈说过,这种情况最可靠的只有证据。"

美希看向我们,然后继续说:"把今天的日期和具体的时间、地点,以及在一起的人都记下来。然后将刚刚发生的事,按照你们的记忆完整地记录下来。"

朱峰看向美希,似乎要确认美希的话:"全部记下来?"

美希点了点头:"对。全部记下来。"

我们三个人按照美希说的,开始记了起来。我们在记录的过程中，还是能听到从秉奎和振盛那里传来的接连不断的嘲讽，他们真的是越说越过分。美希悄悄地站了起来，然后深深吸了口气，吐了出来，轻轻对我们说："我去跟他们聊聊。"

我们愣愣地点了点头，朱峰跟着站了起来，带着请求似的眼神看着美希说："我跟着一起去吧。"

美希说："你就在这里待着，不管听到什么，都不要动。"

美希拿起杯子，一口气喝光了剩下的半杯甘菊茶。美希看了看我们，然后走出了我们坐着的隔间。我紧紧地握着手机，静静地听着外面传来的声音。

从玻璃隔板外传来了美希轻声细语的说话声："你们好。我叫崔美希。认识我吗？不认识也没关系。"

秉奎和振盛纷纷在说"谁呀""这是要干吗"，接着听到了美希的声音："你们刚刚侮辱了我的朋友。用世润是被领养的孩子的事情来取笑他。不过你们好像忘了，世润不仅仅是一个人，他的背后还有他的父母。你们凭什么觉得，这种情况下，世润的父母会息事宁人？校园暴力可不单单是扣学分这么简单的。"

"你现在是想干吗?"

"怎么,你是世润的女朋友啊?和你有什么关系?"

朱峰气得扭曲着脸,露出了狰狞的表情。我赶紧看向朱峰,用眼神瞪着他,示意他冷静。

美希休息了一会儿,继续说:"你们最好别想着胡闹。这里是营业场所,如果你们大喊大叫或者闹事,他们是有权叫警察来帮忙的。对吧,姐姐?"

从前台收银机后面传来了服务员姐姐的声音:"那是当然。现在需要打电话吗?"

我们听到了美希清朗的声音:"谢谢姐姐,暂时还不用。"

美希接着说:"你最好不要说脏话。那也属于语言暴力。我的朋友们正在记录着你们的一言一行,刚才你们对世润说的话,我们也都记下来了。如果以后需要申告,这些都是非常有用的证据。"

秉奎愤怒地对美希说:"啊,真是烦人。我们就是说了,那又怎么样?我们付着钱,来咖啡厅消费,还不让说话了?"

"问题就出在你们的为所欲为和自以为是上。我们可没说过让你们离开这里。而是表明你们的话我们不喜欢听,但你们还是不管不顾地侮辱对方,这样的情况,我如实地说给世润的父母,你们猜会怎么样?"

这时传来了振盛的声音:"从哪冒出来的丫头,你是吃了熊心豹子胆吗?想死啊?"

美希没有退缩,对振盛说道:"你问我想不想死?我一点都不想。我胆子非常小。你是叫振盛吗,还是叫秉奎?不管是谁,你刚刚说的那些话真是吓到我了。你是想要打我吗?我挨过打有经验。我可以很认真地告诉你,你未必能承受得了打完我的后果。"

听完美希的话,秉奎和振盛竟然哑口无言,一句话都说不出来了。"啊。""真是。""什么啊。"时不时地传来秉奎和振盛的声音,但神奇的是经常满嘴喷脏话、毫无顾忌地骂人的秉奎和振盛,这时竟然一句脏话都说不出来了。

短暂的沉默以后,我们听到了美希的声音:"那就拜托你们以后多多注意一下自己的言行了。"

美希回到了隔间。美希用颤抖着的手拿起了我面前的冰美式,咕咚一口气喝了下去。美希的说话声音仿佛都是颤抖着的:"刚才题还没做完呢,咱们赶紧做吧。"

美希拿开了椅子,安静地坐了下来。我看到了美希额头上挂满了汗珠。我从美希身上竟然看到了高香淑老师的影子。朱峰和世润几乎是惊讶得还没来得及合上张开的嘴巴,呆呆地看着美希。

美希尴尬地笑了笑:"我妈妈就用这种方法赢了爸爸。看似不怎么样,但是效果是出乎意料地好。"

美希拿着铅笔,解释着说:"我爸爸妈妈目前正处于协议离婚期间。当然也有可能离不成。不过,夫妻好像都是这样的。"

美希抬头看向了世润,轻轻地说:"世润,你要加油。"

世润笑了:"谢谢了。"

朱峰也抬头看了看世润,然后朝世润伸出了大拇指说:"你长得倒是挺帅。"

我看向世润,竟是无言以对。面对世润,我是既感到羞愧又觉得抱歉。同时我也是羡慕的。看着美希和朱峰对世润的安慰和维护，我也是羡慕的。

没一会儿，我们听到了秉奎和振盛骂骂咧咧的声音和推开椅子的声音。他们应该是故意推的椅子，椅子发出了哐哐的声音。但也仅此而已。随后传来了咖啡厅大门粗暴地被打开和关上的声音。世润直了直腰板羞涩地笑了笑。

朱峰用手摸着下巴说："要不是美希，我真想好好收拾一下这两个浑蛋。"

我张开双臂，一把紧紧地抱住了美希："美希，你真的太了不起了。真的好棒呀。"

我说着说着，眼里竟然噙满了眼泪。

美希"嗯嗯"地点了点头，摘下眼镜，擦了擦眼角的泪水。

这时服务员姐姐拿着黄油奶香的烤蜂蜜面包和华夫饼，放到了我们的桌子上。华夫饼上堆积了满满的鲜奶油。服务员姐姐说："这是赠送给你们的甜品。"

美希笑着说："谢谢姐姐。"

服务员姐姐皱了皱鼻子说："可别和老板说呀。"

美希笑着点了点头。

那天晚上,我坐在书桌前面,编写了无数条短信,又删除了无数条短信。

——刚才真是辛苦了。其实我也是被领养的。这段时间很累吧?加油。我们一起加油。

——我和你一样,也是被领养的。刚才没能帮你说话,抱歉。

——秉奎和振盛真的太过分了。刚刚我被吓到了。其实我也是被领养的。你真的很了不起,我只想着当作秘密隐藏起来。

夜深了,编来编去的短信,最终还是没能发出去。

18

距离期中考试只剩一天了。我听到了爷爷的敲门声。时间是晚上十一点钟。这个时间敲门找我的只能是爷爷。我环顾了一下房间,应该没有什么不妥当的地方。我按下了网课的停止键。

"爷爷,是您吗?"

"咳。"我听到了爷爷的咳嗽声,紧接着听到爷爷说,"我需要出去一趟。去旅行。"

我转过身来,看向了门口。上次说去旅行,是三周前。

"去旅行?"

外面传来了爷爷的声音:"明天就走。大概四天。"

爷爷的话就这样结束了。我听到了爷爷的脚步声渐渐远了。我直勾勾地盯着房门，也不知道自己在想什么，等回过神来转过身，按下了开始键，继续听着网课。屏幕上再次出现了讲师流利的讲解，我手握着圆珠笔，告诫自己，明天就要期中考试了。

屏幕上讲师不停地用笔在圈着重点，然后说："这个部分是关键！如果还是不明白，要么这部分内容就趁早放弃，要么就重新听一遍，二选一。"老师用夸张的表情，说着这部分内容的重要性。

我将鼠标移到了十分钟前，将老师说的重点内容又听了一遍，直到看到老师喊着"二选一"的画面为止，我竟是一句话都没听进去。我把鼠标又移至二十分钟前，反复听着重复的内容，老师说的概念，也一个都记不住。嘎嗒，我按下了圆珠笔的按头。

狗屁旅行。

我握着双手，向手心呼呼地吹着气。

我要怎么办呢？

爷爷不可能是去旅行的，他很明显是要去医院。爷爷虽然说不用我操心，不过我知道，爷爷一定是得了很严重的病。按照爷爷和我之前的规则，我尽可能地不去干涉爷爷才对。我和爷爷的生活方式一直都是这样的，只有保持距离才会让彼此舒服一点。

爷爷和我之间，好像存在着一个安全装置，以"保护"的名义将我们分隔开来。

我们彼此在各自的安全范围内活动，没有任何交流，没有任何磨合，没有任何伤害。我和爷爷对彼此都没有感情的投入，所以相对也就没有期待。我只要读完高中，就可以像风一样，呼呼地飞走了。

我强迫自己不去胡思乱想，要集中精力。我从抽屉里拿出了耳机，把立体声插孔插在了电脑上。我将网络课程的课程视频打开，重新听着刚才没有听懂的内容。我赶紧拿起了圆珠笔，想象自己是要去战场的人，圆珠笔是我的武器。这次期中考试是很关键的。这是决定能报考哪所大学的十次考试中的一次考试。如果要离开这里，我还是希望自己可以去一个更好一点的地方。

我全神贯注地盯着屏幕上的数学老师。同样的话被反复地循环播放，数学老师用电子笔圈着公式上的内容说："这个部分是关键！如果还是不明白，要么这部分内容就趁早放弃，要么就重新听一遍，二选一。"

我最终还是按下了笔记本电脑上的空格键，停止了播放。

延宇的到来，填充了我和爷爷之间的空隙。我和延宇也要保持一定的距离生活吗？延宇以后会怎么样呢？能找到延宇的爸爸吗？如果爷爷真的出了什么事，该怎么办呢？这些问题让我心乱如麻。

我从椅子上站了起来，打开了门，走上了通往二楼的楼梯。楼梯传来了吱嘎吱嘎的声音，想必我不敲门，爷爷也知道是我上来了。我走到二楼的门口，敲了敲门，里面没有声音。我默数到了十，又抬起了手，轻轻地敲了敲门。

门里面传来了爷爷的声音："什么事？"

"爷爷，是我。我进来一下可以吗？"

我听到里面传来了爷爷推开拉门的声音："很晚了。"

我拧开了门把手，打开了二楼的门，走进了二楼的客厅，我看到了穿着黄色内衣的爷爷。爷爷弓着腰，看着我，依旧戴着他的贝雷帽。

爷爷和我隔着门槛,我坐在了门槛外。我看到了爷爷戴着的贝雷帽下面,白发好像疲惫不堪似的无力地垂着。爷爷的脖颈和肩膀上也有脱落的白发。

爷爷开口之前,我抢着说:"爷爷,您是不是患了癌症之类的病了?"

爷爷用固执的目光看向了我。我没有退缩:"我问您,是不是癌症?"

爷爷拉上了房间的拉门:"你不需要知道什么,也不用去瞎猜想。"

拉门吱吱作响着从我面前拉过,我用左手直接挡住了拉门。

爷爷皱着眉,手上加大了力度拉了拉门。我也使劲儿将门往反方向推了过去。

我咽了咽口水。爷爷似乎真的没什么力气了,连我的手劲儿都比不上。我紧紧抓着门说:"爷爷,到底是怎么回事?"

我的声音是颤抖的。爷爷看了看我,叹了口气说:"你去给我拿杯水吧，温水就行。"

我下楼去了厨房。我拿了一个白色的马克杯，装上了凉开水，用微波炉加热了一下。我端着水，走上了二楼，递给了爷爷。爷爷一脸疲惫，拿起水杯慢慢地喝着水，从嘴角流出的水沾满了胡须和下巴。喝完水，爷爷好像不太舒服似的皱着眉头。

我又开口问道："爷爷，您到底是哪里不舒服？您告诉我，我才能知道啊。"

爷爷直直地看着我的脸："是腹膜癌。"

"什么？"

我听懂的只有一个癌字。

"腹膜就是围绕内脏的一层薄膜。那里长了一个恶性肿瘤。"

"是癌症吗？"

我对癌这个词很熟悉，我也曾猜测爷爷可能是患上癌症了。但从爷爷嘴里听到这个词的时候，我的头就像被锤子击中了似的。

爷爷平静地说："一月份的时候做的健康体检，那时发现腹水积满了。刚开始以为是肝脏的问题，做了详细的组织检查，最后发现是腹膜的问题。已经确诊是腹膜癌了。当然，现在的情况，不是病症早期。"

我结结巴巴地说："严重吗？"

"医院说现在不能做手术，应该是严重的吧。"

我怔住了，不知道该说些什么，也不知道该问些什么。

爷爷看着我，依旧语气淡淡的。他平静地说："目前正在接受抗癌治疗。一期和二期治疗已经结束了。明天去接受第三期的治疗。去医院打完抗癌针之后，需要在疗养医院观察四天左右才能出院。如果癌细胞扩散减少了，说不定可以进行手术治疗。"

我强忍着情绪，勉强自己笑一笑。但爷爷的样子在我面前变得模糊起来，我最终没能控制住自己的眼泪。爷爷看着我的脸笑了笑。是若隐若现的微笑。但爷爷现在的样子，无论怎么看都觉得很凄凉。

我抽噎着说："怎么会呢？怎么会得这样的病呢？"

爷爷紧闭着嘴唇，目光呆滞地看向顶棚。爷爷那平常木讷的没有一丝表情的脸上，如今也似乎带着情绪。

爷爷看向了我说:"没什么可委屈的。我已经活得很久了。"

"医生怎么说?治疗过程还顺利吗?您都告诉我。"

"需要一年半到两年时间。至少这段时间应该不会死掉。当然只是个大概。医生们大多是将最坏的结果提前告知患者的。"

我吐出了一口热气,哭得合不拢嘴。

爷爷看着我,好似不满意似的皱起了眉头。刚刚看到的柔和的爷爷不见了,取而代之的是平常那冷冰冰的爷爷。

爷爷用几乎冷酷的语气对我说:"你不用担心。在你高中毕业离开这里之前,我还会活着。对你的承诺我会兑现。你什么都不用想,只要考上大学就行。只要你考上了大学,带着录取通知书,我就会把钱给你。即使不是什么大钱,但足够你学习和生活了。想变卖一套房子,也没那么容易。"

我终于喊出了声音:"爷爷!您怎么说这个!"

"别胡闹了!"

我的声音被爷爷的训斥声压住了。爷爷抬起了下巴,用严肃的声音对我说:"是你吵着我,我才对你说的。现在癌症很平常,死于癌症的人也很多。只是再平常不过的事情发生在我身上而已。没有什么可大惊小怪的。做好你该做的事,不要在我面前哭哭啼啼的。"

我好像被打了一巴掌一样,顿时哭声停住了,似乎刚刚燃烧起来的情感也被熄灭了。

爷爷用冷冰冰的目光看着我说:"明天不是要期中考试吗?不学习就赶紧睡觉去。别胡思乱想。"

爷爷使劲儿把门关上,拉门发出了啪嗒的声响。

19

期中考试结束后的第二天是校庆日。

延宇坐在我旁边,看着地铁里贴着的站牌示意图。下一站就是儿童大公园站了。延宇上下都穿着蓝色的衣裤,小脸红扑扑的,眼睛也因为兴奋而闪闪发光。

延宇说:"姐姐,我们到了。"

地铁里播放着即将到达大公园站的消息。我往聊天室里发送了信息。

——马上要下地铁了。

朱峰回复了我——延宇呢?带了吗?

我拿着手机,快速地打着字。

——带来了。托你的福,还能体验一把带娃逛游乐场的乐趣。

朱峰在聊天室里疯狂地发送表情包，"开心的一天！""欧吼！""嗨起来！"看得我眼花缭乱。美希也跟着发了一个开心的表情包。世润也发了信息。

——今天的天气真不错。

不管天气好不好，我都没有什么心情去游乐园的。期中考试期间，为了能多学一点，我每天只睡四个小时。考试前一天更是整夜未眠。这些都是我无法控制的。爷爷去医院打了抗癌针，转进了康复医院。爷爷说注射抗癌药物后，会有一些副作用，需要在康复医院住院观察，直到好转为止。

我也不知道事实到底是怎样的。

期中考试期间，我是真的下了狠功夫学习。每当心情不好、心绪不宁的时候，我都会想起爷爷说的话——"把自己的事情做好""离开的时候会给你钱""不要大惊小怪，无理取闹""不要哭哭啼啼的"……这些话就像被存储在我的脑海里一样，那么清晰。爷爷的这些话是有利于我的，避免了我向家里倾注太多的感情。对于爷爷来说，我是他被迫承担责任的孩子，与其和我培养感情，倒不如把我送走。我只要注意力没办法集中的时候就会想,就这样各自生活着,也没什么不好。

地铁开始减速了。我从座位上站了起来,背起了书包。我正站在门口等着车开门,延宇突然抓住了我的手。钻进我手心里的是一个小小的、软软的小手,这种触感让我一惊。这是延宇第一次牵我的手。我有点担心延宇发现了我的异样,偷偷看了看他。他好像并没有感觉到什么,抬头对我说:"这是我第一次去游乐园。"

听着延宇说这是他第一次去游乐园的时候,我只是闭上了嘴,并没有开口说什么。我看向了延宇,原来他一次也没有去过游乐园啊。感觉无论现在延宇说些什么,我都不会觉得惊讶了。延宇和我下了地铁,沿着自动扶梯往上走去。看着延宇毫无掩饰的欢喜,我竟然有点心酸。我从没见过延宇这么高兴的样子。虽然对于现在的我来说,心情并非很痛快,但为了延宇,我觉得今天能来游乐场,简直太好了。大公园站的楼梯口宽敞又明亮,这一切让我的心情也跟着好了起来。

延宇欣然地接受着朱峰的喜爱和照顾。朱峰带着延宇拍拍打打地玩儿了一通，瞬间拉近了两个人的距离，两人好得不得了。朱峰带着延宇又开始玩儿起了蹦蹦跳跳和你追我赶的游戏。虽然两个人是第一次见面，但很合得来。快到游乐园门口的时候，延宇爬上了朱峰的肩膀，朱峰举起了双手，延宇就赶紧抓住了朱峰的手，然后用穿越火线游戏中才能听到的声音，咯咯咯地笑个不停。朱峰抓紧了肩膀上的延宇，大喊着"哇哦""哇哦"，跑出了"Z"字形，冲向通往游乐园宽阔的人行道上。

美希跑到路边的摊位上，买来了造型有小猫、小兔子、长颈鹿、大熊猫、小狐狸的发箍。这些东西的价格合起来应该不便宜，但是美希毫不在意。美希戴上了小兔子的发箍，然后把剩下的发箍递给了我们，说："要戴吗？"

世润挑了一个长颈鹿的发箍，朱峰戴上了大熊猫的，我挑了一个小猫的戴上，延宇则是戴上了一个小狐狸的。

我在想为什么要戴发箍之类的，但是真的戴上以后发现，感觉确实不一样了，心情也跟着美妙了起来。美希把自拍杆拉长了，然后喊我们一起，拍了一张五个人的照片。世润也拿着手机自拍。最受欢迎的小模特是延宇。看着延宇开心得手舞足蹈的样子，我突然觉得好像发现了不一样的延宇。延宇配合着做了各种各样的表情，他会用手把鼻子顶起来变小猪鼻子，还会使劲儿吹气然后憋住使两颊鼓起来，装作小金鱼。延宇还会把双手摆在脸颊下面，做小花朵的样子，还会皱着眉头做一些滑稽的表情。这样的延宇真的很可爱。

"一起拍一张。"

世润靠了过来，在我肩膀一侧拿起了手机。我有点不太情愿，但直接避开也太尴尬了。阳光有点刺眼，我眯了一只眼。世润抬高了手臂，这样后面站着的美希、朱峰和延宇也都能拍进来。为了把脸挤进屏幕里，我和世润贴得更近了。

我们坐上了巡游游乐园的小火车，前往游乐园里面。巡回小火车的车头排放的尾气有点刺鼻，但天气和风景都很好，这难闻的气味也就没那么难以接受了。看着眼前划过的风景，对爷爷的担心和纠结似乎也随着吹过的阵阵清风呼呼地散了。头顶上长出嫩绿色新芽的树枝也很美，远处还可以看到飞驰的过山车和摩天轮。我和世润坐在了一起，对面坐着朱峰、延宇和美希。朱峰和延宇把头挤在一起,仔细地看着导览图,认真地研究着先要玩儿什么项目。朱峰担心延宇因为身高不够没办法坐过山车,美希则是怂恿延宇去动物园区玩儿。我无聊地听着他们的对话,说实话我是不太想去动物园区的,那里推着婴儿车的人太多了。

旁边坐着的世润对我说:"照顾延宇累不累?"

我夸张地说:"当然累了,都要累死了。"

世润皱了皱鼻子,笑着说:"那你加油吧。"

巡回小火车停了下来。园区看起来人不是很多。看样子我们可以把所有的游乐设施都玩上一遍了。穿过人群,偶尔还能看到我们学校的同学。我们依次玩着各种各样的游乐设施,玩儿得不亦乐乎。

延宇好像是从"十亿年后"穿越过来的孩子。他什么都玩儿得特别好,就连第一次驾驶碰碰车,都游刃有余。我被夹在角落里不知所措的时候,延宇加快了速度向我冲了过来。虽然延宇解救了我,但我的屁股还是被颠了起来,五脏六腑也似乎都移了位。延宇喊着"冲啊",然后向世润、美希和朱峰冲了过去。世润和美希想去偷袭延宇的时候,朱峰就会跑去援助延宇，我用我的碰碰车撞向了朱峰的车尾，大家就这样撞来撞去的，很开心。

我看了看时间，午餐前还可以玩儿一个过山车的项目。可能因为临近中午了，人也多了起来。过山车是人气项目，排队的人很多，显示牌上写着预计等待时长是30分钟。

我和世润早早就说不坐过山车。看来世润和我一样，不打算用过山车这种刺激的项目来折磨自己。延宇看着过山车，说："想去趟厕所。"朱峰也跟着说："一起去吧，我也想去！"然后带着延宇跑向了卫生间。美希看看我和世润，说："我是不是也得去一趟呀。"美希一边笑着一边跑向了卫生间。

看到了旁边有个冰激凌店，我走了过去，买了五个冰激凌。买个冰激凌这样的事，我还是想做的。我喊来了世润，让他帮我一起拿着。延宇、朱峰和美希一人手里拿着个冰激凌，排在了过山车的队伍里，笑眯眯的。

世润和我则坐在长椅上，聊着学校的事。可能因为我和世润是同班同学，有很多聊不完的话题。我们会说秉奎和振盛的事，也会聊聊我们喜欢的语文老师、社会老师、美术老师。更神奇的是，我和世润喜欢的老师也都是一样的。我俩都非常喜欢高香淑老师，我们也相信高香淑老师的传闻是无中生有的。

世润的脸色很好，不知道是因为期中考试结束以后心情放松了，还是因为在咖啡厅卸下伪装，可以坦然地面对自己的身世，总之看起来轻松多了。我和世润聊着一些无关紧要的小事，这样简简单单地聊天让我觉得很惬意。我看着世润心想：原来被领养，也可以优秀地长大，也有资格生活得很好。我瞬间觉得，世润的妈妈很了不起。如果我被世润的家庭领养，会是什么样子呢？我想到了世润家的全家福。温柔得体的世润妈妈、温室里娇养的世熙、一脸温和的世润爸爸，这些都是我们家从未有过的。

我和世润坐在长椅上，抬头看向了过山车。正在爬台阶的延宇看到了我，使劲儿向我挥着手。我也朝着延宇挥了挥手。

世润说："好吗？"

"什么？"

世润抬了抬下巴，看向延宇的方向："延宇。"

我皱着眉头,瘪着嘴说:"好什么啊。"

"你看向延宇的时候是笑着的。"

"是吗?"

世润一边舔着冰激凌,一边说:"母爱般的微笑。"

天啊,我竟然表露出来的是母爱般的微笑。虽然有点别扭,但想想心情也不坏。我笑了:"原来是这样啊。"

世润抿着嘴点了点头。我看着世润。除了我自己以外,世润是我见到过的唯一一个被领养的孩子。世润的眼神干净温柔,无论是谁见到世润,都会对他产生好感。世润对周围的人体贴周到,自己该做的事情也做得很好,学习成绩更是没得说。世润除了没什么朋友这一点和我类似外,其余的,我俩没有一点相像的地方。我属于性格比较冷淡的人,除了美希和朱峰以外,几乎不和其他同学来往。

我突然想起了秉奎说世润在教堂里和世润妈妈吵架的事。看样子应该是真的发生了什么。到底是什么原因使世润和他的妈妈吵到要摔盘子的地步呢?

我看向世润说:"你看到秉奎和振盛,不觉得不舒服吗?"

世润用淡淡的语气说:"不理他们就行。他俩也不是真傻,不会随便乱来的。"

世润面对秉奎和振盛这种人的挑衅,怎么可能无动于衷呢?但世润的声音很平静。这样的世润看起来很孤独,想想曾经逃避现实的自己,又觉得很羞愧。其实我是有话想对世润说的。对世润说,当时没有站出来真的很抱歉,抱歉让你一个人面对争议,抱歉没能对你说上一句安慰的话,让你一个人去承受明枪暗箭,而我却悄悄地把自己隐藏起来看着一切。世润,我真是感到很抱歉。

世润抬头看着我说:"我真的没关系。他们是有点烦,但是也不是第一次发生这种事了,我能应付的。"

我忽然想到了什么,脱口而出:"我能问你一件事儿吗?"

世润点了点头。虽然话已经说出了口,但我又不知道该怎么去问他。直接问你和你妈妈为什么吵架,好像有点不太好,说不定世润也有像我一样想要隐瞒的事情。尊重对方的想法很重要。我从未向世润透露过我自己的事,却还厚颜无耻地听着他的过往,总觉得有点过分了。我有点不知所措。

就在我犹豫不决的时候,世润对我说:"没关系,想问什么都可以。"

我小心翼翼地说:"你在教堂和你妈妈吵起来了?发生了什么事呀?"

世润笑了笑,无所谓地说:"我还以为什么大事儿呢。"

"我们经常吵架。我妈妈只要出门在外,看起来像个天使一样,其实在家里,就是很平常的妈妈。一啰唆起来也是没完没了的。我真的特别希望她不要管这管那的,但是拦不住呢。"

"所以,你扔盘子了?还是在众目睽睽之下?"

世润瞪大了眼睛,摇了摇手。他快速地解释着说,当时只是在餐桌上吵架,不小心碰到了盘子,并非故意扔的盘子。世润说自己不管怎样,也不可能对妈妈扔盘子,如果因为这个误会他,他可要冤枉死了。

原来是这样。我的心情也跟着平静了下来,我心里想这还真不是什么大不了的事。我一直以为世润是一个沉默寡言的人,却没想到一聊起来竟也是滔滔不绝,能言善辩的。

世润用拳头敲了敲自己的胸口,然后笑着对我说:"今天是世熙的生日。早上世熙给妈妈准备了感谢贺卡。世熙让我帮着看一下上面写的拼写对不对。世熙很乖对不对?但是我的心情变得很微妙。"

世润喃喃地说:"爸爸妈妈,感谢你们生下了我。"

世润好似自嘲般继续说:"世熙写的是这句话。宥莉,像我们这样的人是没有机会说这样的话对吧?虽然不是什么大不了的事,但还是会觉得难过。也会讨厌和厌倦有这样情绪的自己。我妈妈经常说我家世熙我家世熙,然后拍拍世熙的屁股。但妈妈从来没有这么对待过我,也许因为我是男孩子吧。想来也挺好笑的,我怎么会有这种莫名其妙的情绪呢?你有过吗?"

我的脑海里一片空白。

我抬头怔怔地看着世润。世润的话中隐藏着很多东西。我根本没有必要去反复思考世润的话是什么意思,毕竟这些内容已经像子弹一样射进了我的脑海。

——宥莉,像我们这样的人是没有机会说这样的话的吧?

——我怎么会有这种莫名其妙的情绪呢？你有过吗？

我手上的冰激凌掉了一大半在地上。世润看了看掉在地上的冰激凌，又抬头看了看我。

我结结巴巴地说："你……这话是什么意思？"

我明显感觉到，自己发出的声音是颤抖着的。

"你刚刚不是说'我们'了吗？还问我有没有过这种情绪？"

世润的眼神有些飘忽不定。他的样子并不想否认或者澄清我的疑问，也没打算用"哦？""是吗？"这种话来搪塞过去。

世润的眼里只有略微慌张的神情。他分明是早就知道了我也是被领养的事情。我看向世润，为了进一步确认事情的真相，我直接开口问了世润："你知道我的事，对吗？"

世润为难地看着我，解释说："宥莉，你先听我说。"

"你是怎么知道的？朱峰和美希告诉你的？他们都知道我是被领养的？"

世润的表情很纠结，他看向了我："朱峰和美希应该是不知道的。"

我木然地从椅子上站了起来。可能起来得过猛了,有点眩晕。

"那你呢?"我咬了咬嘴唇说。

"你是怎么知道的?"我的声音不由自主地提高了,"你到底是怎么知道的?!"

世润脸色苍白地看着我,一脸茫然无措地张了张嘴,干涩的嗓音里说出来的话,却让我浑身发凉。

"因为你很出名。"

20

我一个人先回了家。朱峰帮我照看着延宇,等他们玩完回来的时候,会把延宇送回来。

世润向我道了歉。我问世润到底是怎么知道我是被领养的事,他却缄口不提。世润只是说,知道我是被领养的,含含糊糊也没多说。世润很为难地说,不知道自己这么说出来是对是错。

我一直以来用尽全力去隐藏的事情,没想到被世润知道了。一想到知道这件事情的可能不只是世润,还有更多的人知道我是被领养的,我就浑身发抖,无法忍受。

我回到了家,走上了二楼。我直直地走向了爷爷的房间。我真的很想知道我是谁,我是从哪里来的。我想知道我的亲生父母是谁，我为什么会被领养了。我想寻找一点线索，哪怕是一点点也好，让我拼凑出我的过去。别人都有可能知道我的过去，但只有我不知道。无论如何，我都要找到我的过去。一旦萌生出这种想法，就再也压不下去了。此时一股冲动涌上我的全身，我的内心是焦躁不安的，也是充满期待的。

我仔细地翻着爷爷的房间。我打开了爷爷装满文件的塑料收纳箱，一个个地翻看着，看看有没有与领养相关的文件。让我失望的是，里面没有一点相关的东西。我又拉开了装有杂物的抽屉，把手伸到了里面。"啊"的一声，原本弯曲的手指突然被尖锐的东西给刺伤了，我疼得叫出了声音。我把手抽了出来，发现食指左侧被拉开了很长的口子，血从伤口处渗了出来。爷爷的房间里并没有我想要找的东西。

我来到了客厅。我翻遍了书柜、收纳架，还有电视柜。手指上渗出的血又凝成了血珠滴在了积满灰尘的架子上。我用卫生纸裹住了伤口，走到了阳台上。阳台上堆满了暂时没有处理掉的无关紧要的物品。我在阳台上到处翻找，想要找到哪怕是一点点的线索。我看向了放在角落里的旧衣柜，我走了过去，一把打开了衣柜门。衣柜里面竟然有个不大不小的纸壳箱。箱子上面用黑色马克笔写着我没见过的名字——李秀彬。

我直起了腰板，怔怔地俯视着箱子。我动了动嘴唇，将盒子上面的名字一个字一个字地读了出来："李、秀、彬。"

这个箱子一眼就能看出是个很老旧的箱子。箱子的边角上都贴着黄色的胶带，就连封口处也用胶带贴得严严实实，需要用刀或剪刀才能打开。我从衣柜里拿出了箱子。箱子并不大，也就是一箱方便面大小的样子，而且很轻。我走到了一楼客厅，用壁纸刀将箱子密封的胶带划开了。

箱子里装的是印着小鸡花纹的婴儿襁褓。无法抑制的情感如潮水般涌来。襁褓的下面有一件发黄了的白色婴儿服和一个小铃铛，旁边还有一个粉红色的小奶嘴儿。我用双手小心翼翼地捧着白色的小婴儿服。我的伤口渗出的血不小心蹭到了婴儿服上，我赶紧将婴儿服放了下来。

婴儿服真的好小。小到看起来就像是布娃娃的小衣服。

我看着小小的婴儿服，想象着婴儿的小胳膊和小身体，想来也就是娃娃般的大小了。

这可能是我的衣服吧？

我眼前一片模糊，我用手掌擦去满脸的鼻涕和眼泪。当我手里拿出铃铛和奶嘴时，不知不觉地笑了起来。我轻轻地把小婴儿服铺在地板上，用拇指揉了揉衣服上的带子。婴儿服上面写着李秀彬的名字，还有出生年月日。

我想找到更多与我相关的痕迹。我小心翼翼地拿起黄色的襁褓，想看看里面是不是有其他的信息。我希望里面有我亲生父母的名字、家庭住址，还有联系方式。可遗憾的是里面什么都没有。我把箱子的里外翻了个遍，仍旧没有发现什么有用的信息。

我用颤抖的手拿出了手机。我从通话簿里找到了爷爷，拨通了爷爷的电话。可是没人接听。我连续打了五次，电话每次都是无人接听，然后自动转入了语音信箱。

我在爷爷的手机语音信箱里留了言。

"爷爷，您什么时候回来？为什么不接电话？我有话想问您。"

我深深地喘了口气,压抑着颤抖的声音说。

"爷爷,我想找我的妈妈和爸爸。我必须要找到我的妈妈和爸爸。"

21

"宥莉,能过来一下吗?"

第五节课下课的时候,高香淑老师一边把她的书装进包里,一边喊我。我环顾了一下四周,其他同学都忙着去音乐教室。坐在前面的世润回头瞄了我一眼。我走到了讲台前,高老师笑着对我说:"我就是想和你聊聊。"

我不知道发生了什么事,本能地眨了眨眼睛。

高香淑老师笑眯眯地说:"不用担心,不是你犯了什么错误。只是第一节课下课以后,数学老师来问我,宥莉是不是有什么事情。"

我有点蒙。第一节课明明是体育课。

高香淑老师用浮夸的表情继续说道:"第二节课下课以

后，历史老师也跑来问我，宥莉是不是有什么心事。然后第三节课下课物理老师也来问我了。你猜还有谁？第四节课下课以后，教导主任老师，还有餐厅的大婶都跑来问我了呢，问我宥莉到底是怎么了。"

我扑哧一下笑出了声。说实话今天并不是能轻松笑出来的一天。

"我没什么事。谢谢高老师。"

高老师并没有就此打住，就此想放过我。她赶紧说："宥莉，别这样嘛。说说到底有什么事。你知道吗？你释放的黑暗气场都要把宇宙吞噬了。"

教室里只剩下了我和高香淑老师。我往教室后面看了看，教室后门的走廊上，能看到世润的身影。他站在走廊窗边，望着窗外，看样子是在等我。

我对高香淑老师说："高老师，很抱歉，应该提前跟您说的。今天我需要提前离开学校，想跟您请个假。"

"请假？为什么？"

"我需要去一趟法院。"

"去法院？！"

高香淑老师瞪大了双眼:"你是有什么事吗?"

"不是我,是我弟弟延宇的事。"

"延宇怎么了?"

我也希望有人能了解我的情况,关心关心我。如果一直憋着也就算了,既然说出了口,那就干脆把这些事都说出来吧。也许这样,我的心里会感到轻松一点。

"妈妈去世以后,警察来了。我知道妈妈是从桥上意外摔下去的。但警方调查的结果是,妈妈的死亡有可能和延宇有关系。他们说,有可能是延宇推的妈妈,导致妈妈摔落的。"

"什么?延宇推的?为什么?"

"妈妈虐待了延宇。警察说,调查的结果是妈妈确实虐待了延宇,而且不止一次,是长期的虐待。事发当时,妈妈在桥上打了延宇。延宇推妈妈的场景被周围的监控摄像头给拍到了。警察说根据调查结果,没有办法把妈妈的死亡判定为事故,只能交给少年法院进行判决。今天少年法院要对延宇进行审判。所以我需要带延宇去一趟法院。"

老师仔细地看了看我的脸，然后问我："爷爷呢？"

"爷爷去康复医院了。我打过电话，没人接听。"

"去了康复医院？"

"是的。爷爷确诊了腹膜癌。前两天注射了抗癌治疗的药物。目前是治疗的第三阶段。注射完药物需要在康复医院留院观察一段时间。不知道药物治疗结束以后，能不能进行手术治疗。如果可以进行手术，真是万幸了。"

老师的嘴张得大大的。我想隐藏一下自己的表情，低下了头，但无论怎么抑制，鼻尖仍是酸酸的。

"宥莉。"高香淑老师的声音是颤抖的。老师也在极力地压抑着情绪。

我抬头看了看老师，我看到了老师眼中的泪水，心里一阵刺痛。但又有一种说不出的情感，既心疼又舒畅。如果这时对高老师坦诚地把我是被领养的事情说出来呢？高老师又会是什么样的表情呢？

老师深深地吐了口气，然后问我审判的时间。我告诉老师说是下午四点钟。老师打开了手机，好像在确认什么，然后看向我的眼睛，对我说：

"我们一起去吧。"

审判结束了。我和延宇一起来到了法院大厅。可能是刚才接受审判的时候太过于紧张了,这时,我感觉到了浑身的酸痛。延宇和我一样,都是筋疲力尽、有气无力的。在大厅等候的高香淑老师和世润看到了我们,赶紧走了过来。

老师问:"审判结果怎么样?审判长怎么说?"

世润一脸焦急地站在老师身后。世润请假是高老师允许的,高老师说这种场合有一个朋友在场会给予很大的力量。世润听说是延宇要接受审判的事,什么也没说就紧跟着老师跑了出来。

我搂紧了延宇的肩膀,对老师说:"审判长说,按照事故处理。"

高老师拍着胸口直说:"太好了,太好了。"

世润也像是松了口气,走向了我。他看着我的脸说:"你哭了?"

我点了点头,向延宇伸出了手。延宇毫不犹豫地紧紧握住了我的手。刚刚在法庭上,延宇哭得泪流满面、上气不接下气的,这会儿小脸上满是疲惫。想来我和延宇的状态应该差不多吧。我对高老师和世润说,详细的经过等回头再给他们讲。

老师看向我和延宇、世润,然后提高了嗓门儿说:"这样的好日子,得去吃顿糖醋肉和炸酱面啊!怎么样,延宇?"

延宇抬头看向我。我低头在延宇耳边说:"大方地说,没关系的。"

延宇使劲儿点了点头,说:"好!"

高老师用手比画着说:"OK,咱们出发!"然后说要带我们去市郊的一家有名的中华料理店。高老师说这家餐厅不算近,开车要半个多小时,不过吃起来会觉得绝对对得起往返的路程。我们坐上了高老师的车,往市郊方向开去。

我是第一次去法院。法院里面所有的空间都是方方正正的。法官坐在最高的台阶上面,好像是法院的主人一样,高高在上。其实,我刻板印象中的法官是白发苍苍的老爷爷形象。可是我和延宇面对的少年法院的法官是一位扎着马尾、戴着金边眼镜,年纪轻轻的女法官。

审判进行得非常匆忙。法官一边浏览文件,一边问延宇是否推了妈妈。延宇只是低着头,什么话也说不出来。法官把身体向前靠了靠,对准麦克风再次问了延宇是不是推了妈妈。然后让延宇尽可能将当时的情况描述得详细一点。延宇说:"那天,是我做了坏事。"然后哭了起来。

我一边安抚着延宇,一边帮助他陈述事情的经过。法官说:"可以大胆地将事情的原委说出来,不用害怕。"可能因为是在法庭上,延宇也感到了害怕,所以他讲了很多,好多事情是延宇从未对我讲过的。延宇描述的事情经过是这样的:

延宇的妈妈,也就是我的妈妈徐正姬女士在案发当天晚上,喝得大醉。见到延宇的时候,妈妈嘶吼着骂延宇是该死的小偷,不配为人子女。在她带着延宇穿过干涸的河沟时,她折断了树上的枝条,用树枝抽打延宇。这还不够,她手脚并用对延宇又打又踹,然后在栏杆处张开双臂,冲着延宇大喊道:"我也不想活了!过来推我!把我推下去!"

寂静的法庭上,回荡着延宇抽噎的声音和颤抖的说话声：

"然后我走过去推了妈妈。"

之后的情况和警察来到家里时叙述的差不多。妈妈想踹延宇的时候失去了平衡，掉了下去。延宇看到妈妈掉下了桥，吓得跑走了。延宇说不知道妈妈会怎么惩罚自己，实在是害怕就跑了，但真的没想到妈妈会死。

延宇哭得上气不接下气的，方方正正的法院大厅里回荡着延宇的哭声。法官用严肃的语气跟我说，让我好好照顾弟弟。并且对我说，学校有心理疏导课程，让我给延宇申请一下心理咨询。法官的语气很严肃，但我听出了对延宇的关心和善意的提醒。

道路两侧的风景很美，绿葱葱的。我不禁想起了我的妈妈——徐正姬女士。

她竟然疲惫到想要放弃生命了啊？

因为疲惫到想要去死，所以才会肆无忌惮地打骂孩子吗？我想到了延宇刚来时身上的伤口。车窗玻璃上映着我的脸，总感觉我的脸都是扭曲的。如果徐正姬真的是因为疲惫不堪到要用打骂孩子来出气，那我会认为她就是一个没有担当的人，所有的一切都是借口。

  但是，徐正姬女士到底过着什么样的生活，是什么使她这么疲惫不堪呢？她的人生是从什么时候开始这样的呢？我也好奇延宇的爸爸是谁，在哪里，干什么工作。自己的儿子在法院接受审判，哭诉着自己把妈妈推下了桥，这时候所谓的爸爸在哪里呢？想到这些，我就火冒三丈，还有种说不出的憋屈。

  延宇嘴角沾满了炸酱面的甜面酱，嘴里还嚼着甜萝卜。看着延宇吃得开心的样子，我微微一笑，也不知道刚才哭得死去活来的延宇去哪儿了。如果延宇的自愈能力这么好，想来之前受过的创伤随着时间的流逝，也会很快地好起来吧。我倒是希望延宇不要心思过于敏感，大大咧咧地度过这段时间就好了。

  今晚世润的话也很多，这还多亏了延宇。如果不是延宇可爱的样子，我和世润想必只会沉浸在安静无言的氛围中吃着东西。今晚餐桌上的气氛很轻松，我和高老师会看着延宇笑笑，世润和延宇也在聊着有趣的话题。世润看着延宇说："延宇，我们用筷子的姿势一模一样呢。"我看向了世润和延宇,还真是一模一样。我低头笑了笑。

吃了小半份炸酱面,我就有点吃不下去了。

高老师看向了我,撇撇嘴对我说:"宥莉,你太瘦了,需要长点肉。"

高香淑老师继续说道:"想要长肉呢,就需要在你觉得吃饱了的时候,再多吃几口。"然后她自信地拍了拍自己的肚皮。

我们都跟着一起笑了起来。老师喊来了服务员,打包了一份煎饺子。

延宇在车上枕着我的大腿睡着了。回到市区的时候已经过了七点钟,周围都暗了下来,道路两侧的路灯也陆陆续续地亮了起来。

高老师把车先开到了宫殿公寓。世润下了车。

我拿出手机想了想,给世润编写了信息。

——告诉我,为什么说我有名。

世润下了车,和高老师说了声:"谢谢。"然后转向我,对我说,"今天辛苦了,好好休息。明天见"。我看了看世润没说话,将编写好的信息发送了出去。我看到世润拿出了手机。我赶紧追加了一条信息。

——如果不对我说实话,我就揍你。

按下了发送键,我的心情顿时很痛快。我知道世润不会拒绝我的要求,会将事情告诉我的。我向后靠着,把头枕在了车座的头枕上,僵硬的肩膀好像也松快了一些。

这时传来了高老师的声音:"要不要去我住的小区看看?"说着就钻出了小巷口。车子开过减速带,轻微地颠簸了起来。

延宇依旧是睡得香甜。

听到了雨点砸在车棚上的声音。没过一会儿,车窗玻璃上开始布满了雨水,随着雨水落下滑出了一道道斜线。

"下雨了呢。"

滴答滴答的声音持续了没多久,雨就下得越来越大了。路上挤满了下班回家的小汽车。路上开着红色照明灯的车辆排起了长队,每条路都是被挤得满满当当的。高香淑老师握着方向盘,侧了侧头向前方看去说:"是不是哪里发生事故了呀?"

前面要是真的发生事故就好了。延宇睡熟了的小脸蛋和均匀的呼吸声,以及舒适的座椅,车上的一切都让我感觉无比轻松。我真的希望现在这种什么也不用做、什么也不用管的时刻能一直延续下去。我想把写有李秀彬的箱子和爷爷身上患有肿瘤的事情,统统扔到黑暗中去,然后自己假装什么也不知道,就像一直以来那样。

我闭上了眼睛。车走走停停,偶尔能开上一会儿,偶尔会减下速来,坐在车上这种摇摇晃晃的感觉真好。婴儿在摇篮里的时候,也是这样的感觉吧。我很感谢高老师,她并没有刨根问底,追问我的家庭情况。突然我很好奇老师的情况,对于高香淑老师的过去也很好奇。我想听老师说她的故事。

"老师。"

"嗯?怎么了?"

"您有过疲惫到感觉自己活不下去的时候吗?"

高老师通过后视镜看向了我:"宥莉,你现在累到觉得活不下去了?"

"不不,不是。我说的不是我。"

我是想起了我的妈妈,徐正姬女士。徐正姬会疲惫到什么程度，才会觉得活着没有希望了呢？真的是累到克服不了了吗？她是怎么对自己的儿子说出"杀了我"这样的话的呢？

高香淑老师回答了我的问题："当然有了。怎么会没有呢？"

我有点惊讶，差点儿没忍住问："真的吗？"不过，高老师的年纪差不多六十岁了，一辈子应该也经历了很多吧。我想起了关于高老师的传闻。无论传闻是不是事实，单凭这些流言蜚语，她也会感到很累吧。

前面传来了高老师的声音："世上什么事都有。不好的事情也会发生在我的身上。年轻的时候从来没想过，这种事情怎么可能发生在我的身上呢？"

老师的笑声有点凄凉："但是啊，事情发生的时候是措手不及的，挡也挡不住。"

老师说完这句话，沉默了。车里很安静，只能听到小汽车发动机的声音和延宇的酣睡声。

"宥莉应该很好奇吧，老师身上发生了什么事？"

我没办法跟老师说我很好奇老师的事，然后厚颜无耻地去问老师，是不是真的醉酒驾驶了；老师离婚是因为有婚外情吗之类的问题。我不是那种没脸没皮还没脑子的学生。

"同学们在背后没少说我的闲话吧？"

高香淑老师好像什么都知道一样。我被问得有些无措。我不能直接说是，也不能说不是。怎么回答好像都不太妥当。

老师慢慢悠悠地说："就算那些传闻中说的都是事实吧，但那种事情对于我来说真的没什么大不了的。在我身上发生过比那些传闻还要难以接受的事情呢。"

高老师从后视镜看着我，笑了笑："怎么样，我很了不起吧？"

我不知道该怎么回答老师的话。

高老师继续说："我觉得当时我经历那个事情的时候，真的活不下去了。但你知道吗，世界上有许多地方都经历着更可怕的事情。我们现在生活的地方没有战争，也不用担心会被拉到陌生的地方进行严刑拷打。所以我们是有选择的。放弃生命真的挺容易，反而活下来是需要勇气的。宥莉，人和人所感知到的痛苦是不一样的，能够承受的痛苦也是不一样的。如果和我的遭遇相似的人选择了结束生命，我觉得我没有任何理由去责怪对方是在逃避。"

交通开始疏散开了。老师踩了踩油门，汽车开始跑起来了。

高老师继续对我说："每个人要走的路是不一样的。我们又不是当事人，是没办法判断对错的。"

延宇在我腿上睡得很踏实。我抚摸着延宇的头发，想着他曾经所经历的事情。延宇以前也遇到过无数次很艰难的时候吧。我的泪水打湿了眼眶，我咬了咬嘴唇，不让眼泪流下来。我想到了徐正姬，也想到了我自己。是啊，每个人都有自己的路要走的。我清了清嗓子，对高香淑老师说："老师，谢谢您。"

"哎呀，客气什么呢。不过宥莉呀，老师也想问你一件事。"

我看向了老师。

"你和延宇，不是同一个妈妈吗？"

高老师是怎么发现的呢？这是我极力想隐藏的事情，但是被老师问出来，竟没有一丝的不愉快，也没有惊慌失措的感觉。我突然想到了朱峰。当朱峰听到世润是被收养的孩子时，也没有太大的反应，好似这是件平常不过的事情一样。我觉得面对高老师，好像什么都可以毫无顾忌地说出来。

老师看到我欲言又止的样子，微笑着说："以后什么时候想跟老师说了，就来告诉我。"我很感谢老师的体贴和用心。我也笑了笑，对老师说："下回一定说。"

老师马上说："那就约定好了呀，下回告诉我。"然后接着跟我说，"宥莉呀。"

我和高老师通过后视镜对视着。

"累的时候，笑一笑。"

"啊？"

"累的时候多笑一笑。这是我的经验，非常有用的。"

我想起了高老师办公室电脑屏幕上的画面，画面是一张搞笑灾难片的海报。我在想到底是经历了多少的磨难，才会想要用笑容来包装痛苦。我想到了高老师那不为人知的经历和徐正姬女士连连后悔的人生。

我拨开了延宇的头发。他的脸上可以看出妈妈的样子，但这并没有像以前一样让我感觉到沉闷和不适。我很庆幸自己不是一个计较的人,我不会和一个死去的人计较来计较去。

不知不觉雨停了。汽车奔跑了起来。

22

朱峰放下了餐盘,对我说:"吵架了?"

我一边喝着大酱汤,一边说:"你说什么呢?"

"你俩干吗?这不让我和美希奔波在两个饭桌上吗?"

我抬起了头,看了看餐厅。我对角线的位置坐着世润,拿着餐盘的美希站在世润的旁边,看看我这边,又为难地看看世润,犹豫不决。

从上午开始,世润就躲着我,也不敢和我对视。如果休息时间偶尔碰到了,他会不知所措地避开,然后走进教室。第一次发现这样的世润,有点可笑,又有点可爱。

朱峰舀了一大勺大酱汤喝了下去,发出了"呼"的声音。我和朱峰两个人没多说一句话,都在埋头认真地吃饭。

当然谁也没再去看世润。

我先吃完站了起来:"等会儿替我转告世润一句话。"

朱峰抬头看向了我。朱峰眼睛瞪得大大的圆圆的,既无辜又可爱。我差点儿笑出声来。

"你跟世润说,如果不按照我的要求做,我就揍他。"

朱峰眨了眨大眼睛:"啊?揍他?什么原因?"

"有那么个事儿。你甭管。"

我拿着餐盘潇洒地走向了餐具回收处。我当然不会真的对世润怎么样,不过是想知道事情的缘由而已。他怎么会知道我的事情,为什么说我出名,这些我都想知道。

我收拾着书包看向了世润。世润好像是早就准备好了一样,放学铃声一响,他就跑了出去。我来到了延宇的学校。课后托管班放学了,延宇走了出来。他看起来很好,脸上也笑嘻嘻的。

我和延宇一起坐上了公交车。公交车的后排坐满了人,我和延宇只能一前一后地坐着。

我看向了车窗外的风景。世润还是没有联系我。按理说朱峰应该给世润传了话的。每当我想要靠近世润的时候,他都会慌慌张张地躲开,匆匆忙忙地走出教室。后来只要一下课,世润就离开教室,直到上课铃声响起才回来。这是不是有点太过分了?

同样不理会我的,还有爷爷。我给爷爷打了不知多少次电话,仍旧是没有接听。给爷爷留的语音信息也没有回复。两年以后,即便没有爷爷的同意,我也能去找我的爸爸妈妈,但是无法抑制的是,我现在就很想知道。当然如果成年之前,我想要找亲生父母,是需要爷爷同意的。我反复念着这个名字——李秀彬。

这是我的名字。仅仅只是一个名字,但对于我来说,确实是很大的慰藉。其实无论怎么乱糟糟的心情,只要两天过后也就慢慢地归于平静。我想,以我现在的心性,即使真的见到了爸爸妈妈,也不会克制不住自己做出出格的事情。我想我是不会抱着妈妈痛哭流涕,然后纠缠着说要和她一起生活的话。我会像现在一样,妈妈也好,爸爸也好,我也好,我们就按照自己的生活轨迹,各自生活就好。我只是很好奇,想要问问他们——妈妈爸爸当时为什么抛弃了我?

我真的只是想问问他们为什么抛弃了我,仅此而已。即使是可笑的、寒酸的、荒唐的理由都可以，我只是想做一个了结，然后重新开始我的人生。如果无法逃避现实，那为何不正面相对呢？我自认为我有堂堂正正去面对过去的勇气。再糟糕也不过如此吧。最多也就是对于父母来说，我的存在并不讨喜，让我多一份尴尬，这点情绪我还是可以消化的。

我看向了坐在前面的延宇："中午吃什么了？"

延宇转过身来，歪了歪头，我笑了笑："你这是吃完就忘了呀？"

"知道吃的是什么，就是不知道叫什么。米饭配有泡菜、桔梗，还有一个汤。那个汤不知道叫什么。"延宇在纠结那个汤的名字。

"那你说说，汤里都有什么？"

"有海鲜。"

"海鲜？"

"对。那个海鲜有点像鱿鱼，但是比鱿鱼小。是个清汤。"

"汤里有萝卜吗？"

"嗯嗯，有。"

"有水芹菜吗？"

"水芹菜是什么？"

"绿色的菜。"

"嗯，是有绿色的菜。还有点硬。"

我翘起了嘴角："章鱼软泡汤，里面是不是还有豆腐？"

延宇开心地笑着说："对对，就是章鱼软泡汤。那里面的菜应该就是水芹菜了。味道还挺大的。"

"味道怎么样？"

"还不错。"

"挺厉害呀。我第一次吃的时候，可接受不了那个味道。"

"哦？我今天可是都吃光了。"

延宇的脸上显出得意扬扬的小表情。我的心情也跟着好了起来。延宇和我说话也放松了很多，像是平常的姐弟一样，不再拘谨了。

我看向了窗外，车窗外高速公路上的风景依旧很好，我的心情也很好，我在心里笑了。或许明天早上，延宇不再会像以前一样恭恭敬敬地和我打招呼，而是淘气地问我："姐姐睡得好吗？"

延宇和我下了公交车，走进了通往家里的胡同。延宇一边哼着歌，一边蹦蹦跳跳地往家走。我看着随着延宇蹦蹦跳跳而扑腾着的书包，忍不住笑了。

审判结束以后，我明显感觉到了延宇的眼睛都是亮的。想必因为要接受审判的事情，对延宇造成了极大的压力。看着变开朗的延宇，我也不得不担心。我担心妈妈的死亡给延宇留下了很大的心理创伤。那样激烈的事情对延宇造成的影响是不可估量的。我没有信心说一定会把延宇照顾得很好，但我会尽我所能让延宇早日摆脱阴影，开开心心地生活下去。

我看着延宇的背影，跟着他往家里的方向走去。这里的路，延宇已经很熟悉了。延宇偶尔也会有不服管教、想要顶撞我的时候，不过经历了世熙的事情以后，无论是延宇还是我都有所收敛，不会吵到不可开交。看着情绪逐渐好转的延宇，我内心的冰已经融化了，隐隐觉得自己对延宇的付出得到了回报。当然，延宇的成绩依旧是很糟糕。

走到胡同口,我看到了爷爷的银色出租车。延宇高兴地说:"爷爷旅行回来了!"延宇加快了脚步。我的心脏却扑腾扑腾地跳了起来。看到爷爷我要先说什么呢?爷爷说第三次使用抗癌药物治疗以后,是可以决定能不能手术的。我想知道爷爷能不能接受手术治疗。我还想问问爷爷,到底知不知道我爸妈是谁,他们在哪里。

我和延宇打开了家门,走了进去。玄关的门半开着。延宇大声地喊了一声:"爷爷!"然后他跑了进去,我也随后走了进去。

"爷爷!爷爷!"延宇喊着爷爷,向二楼楼梯口走去。

看着大声喊着爷爷的延宇,我嘴角挂着淡淡的微笑。我知道听到延宇大声喊着的爷爷一定很开心。我的心里萌生出了感谢延宇的情感,感谢延宇可以这样肆无忌惮地喊爷爷,感谢延宇给寂静的家里带来了生气。

我正准备脱下鞋子,却一下怔住了。

玄关门口放着两双皮鞋,一个是爷爷经常穿的那双破旧的皮鞋,另一双是我从未见过的崭新的鞋子。二楼传来了吱嘎的开门声。

"父亲，您小心一点。"随后传来的是一个男人的声音。

延宇小心翼翼地蹭到了我身边。我和延宇抬头看向了从楼梯走下来的人。我们看到的是穿着一双黑色的袜子、一身西装的男人。他搀扶着爷爷从楼梯上走了下来。爷爷和平常在家一样，光着脚、穿着运动服。爷爷依旧是戴着贝雷帽，之前帽子下面杂乱无章的白头发也都不见了。

扶着爷爷下楼的男人长得浓眉大眼，个子不矮。我看向了他，他脑门儿的发型像顶着大写的"M"字一样，很有个性。这时他也看向了我，对我说："你就是宥莉吧？"

声音很温柔。我猜到了他是谁。这位叔叔的脸上有延宇的样子。

叔叔走到了延宇面前，蹲了下来，和延宇平视着。延宇突然紧紧地抓住了我的手。叔叔看着延宇的表情，很复杂。

我看向了爷爷。爷爷咳嗽了两声，看着我和延宇说："这是延宇的爸爸。打声招呼吧。"

23

好在这种有点尴尬的会面很快就结束了。

延宇爸爸给爷爷鞠了个躬,然后走出了院子。

延宇爸爸环顾着院子和房子,对爷爷说:"父亲,这里环境还真不错呢。"

延宇爸爸笑得很真诚,连牙龈都露了出来。我从卧室的窗户看着爷爷和延宇,还有延宇爸爸的身影。延宇拉着爷爷的手,延宇爸爸蹲了下来抱了抱僵硬的延宇,然后拍了拍延宇的背。不知道延宇的爸爸跟他说了什么,随后又摸了摸延宇的头。

我走向了厨房,开始准备晚餐。我从米箱里拿出了大米,心不在焉的,自己都不知道自己放了多少。玄关门发出了刺耳的响声，爷爷向二楼边走边和我说："不用准备我的。"

我向后看去。延宇站在客厅直直地看着我。他的表情是蒙着的。他好像想要问我些什么，不过我能回答什么呢。楼梯口传来了吱嘎的声音，延宇扭头看向了二楼，又看向了我。

我看着延宇说："你先回房间吧。晚饭我们把昨天的煎饺子热一热吃。"

延宇点了点头，回到了自己的房间。我用挂在椅子上的毛巾擦了擦手。

我回到了房间，把校服换了下来，穿了一件白色棉质T恤和黑色的运动裤。我站在窗前，双手叉腰，看着窗外的风景。突然到来的延宇爸爸让我感到心绪不宁，我需要静静。

爷爷的治疗结果怎么样，延宇爸爸是什么样的人，这些我都是需要知道的。当然我也想知道关于我父母的事情，但是和这些比起来，反而没有那么迫切了。我走上了二楼的楼梯，到门口敲了敲门。

"爷爷，是我。"

我听到了爷爷的声音："进来吧。"

我打开了门，走进了二楼的客厅。

爷爷坐在沙发上，抬头看着我，皱了皱眉头，对我说："有没有汽水之类的饮料？"

爷爷抬了抬下巴，对我说："坐吧。"

我赶紧坐了下来，对爷爷说："爷爷，治疗怎么样了？"

爷爷的表情有点不太好："等过两天去做个检查，然后才能确定一些问题。"

"能进行手术吗？"

"得看运气吧。"

爷爷从沙发上下来，坐在了地上："有咖啡吗？速溶的。"

爷爷竟然想要喝平常连瞧都不瞧上一眼的汽水和咖啡。

"您等一会儿。"

我赶紧下楼去了厨房，热了水，然后冲泡了一杯咖啡。褐色的速溶咖啡遇到热水，慢慢地融化了，上面还有微微的白色泡沫。我用小勺子将咖啡粉末搅拌均匀，给爷爷端了上去。

爷爷拿着杯子，"呼呼"吹了两下，然后慢慢地喝了一口。

我跪坐在了爷爷的面前:"爷爷,刚刚那位真的是延宇的爸爸吗?"

爷爷不知道是哪里疼痛,呻吟了一声,然后说:"是啊。好不容易才找到的。"

"那您是怎么找到延宇爸爸的?"

"有那种帮忙找人的地方。花钱就行。"

"那他是怎么说的呀?"

"什么意思?"

"我是说延宇爸爸他是怎么说的。为什么当时没有对延宇负责?"

爷爷瞪大了眼睛看了看我,然后叹了口气。爷爷的脖子上多了很多斑点,以前是没有的。

"延宇爸爸是再婚以后才知道的。之前并不知道有延宇。延宇妈妈出事儿,他是不知情的。"

延宇爸爸再婚了。

我用手指轻轻地揉了揉眉头,感觉脑神经开始紧绷了起来。

我继续问爷爷:"延宇爸爸是干什么工作的呢?"

"做生意的。"

"那是做什么生意的呀？"

爷爷抬起头仔细地看着我。我没有回避爷爷的眼神。爷爷带有微怒的眼神里还有着一丝焦急。

爷爷用他那一贯的冷冰冰的表情和语气对我说："就是做一些酒水生意的。目前家里有妻子和两个孩子。我打算把延宇送过去。"

爷爷好像并不想多说些什么，只是将一些需要告诉我的信息告知了我。延宇爸爸是做酒水生意的，听起来不怎么样。况且家里还有再婚的妻子和两个孩子，延宇贸然进入他们的家庭，不知道会不会受委屈。

"他们接受延宇吗？"

爷爷喘了口气，慢慢地说："不管怎么样，也是亲生的孩子，好在那两个孩子都还小。"

我想象了一下延宇在陌生家庭里生活的样子。那样的画面，怎么都觉得不会是幸福开心的。

"爷爷，这并不是好的办法。"

爷爷有点发脾气地说："那还有什么办法！"

我哑口无言。是啊,还有什么办法呢。爷爷"喀喀"地咳嗽着,然后用手背擦了擦嘴,艰难地咽着口水。

爷爷用严肃的表情看着我,然后对我说:"你好好学习,好好准备你的考试。你有你要走的路,延宇有延宇他自己的生活。"

爷爷的话让人很无语,甚至让我感觉到了背叛。我看向了爷爷。

爷爷继续说道:"即使送走了延宇,该给你的钱一分都不会少。"

又是钱钱钱。我没有说什么啊,为什么总是这样?爷爷这样真的太过分了。

我努力压抑着自己的情绪。我的内心似乎有一个声音在嘶吼,延宇、学习、大学、钱,还有爷爷,我统统不想去管了。我用一只手捂住了脸。

"爷爷,求求你不要这样。"

"我怎么了?!"

我放下了手,眼睛瞪向了爷爷。这种情况下,爷爷仍旧是冷冰冰的表情。他有没有绷不住这张脸的时候呢?爷爷脸上没有出现过害怕、悲伤、绝望的表情吗？我想看到爷爷更多的表情，想看到摘下冰冷面具后的爷爷。

我的偏头痛又开始了，左侧的伤疤也火辣辣的，我尽量使自己的声音听起来平静一些："您不要再说钱的事了。"

爷爷皱起了眉头："什么？你想说什么就说得干脆一点。"

我冲着爷爷大声喊道："我说！您不要再提钱了！"

爷爷瞪大了眼睛看着我。

我也不想斟酌着组织语言了，想说什么就都说了出来。

"您以为我不想离开吗？我也受够了！当初为什么要领养我啊？领养了就这么对待我的吗？"

爷爷的眼角湿了。我继续大声地说："您听到我的语音留言了吧？"

爷爷将视线转向了别处，明显是不想和我多说些什么。

"爷爷，我是叫李秀彬对吗？"

爷爷的脸颊也湿了。从爷爷满含泪水的眼里，我看到的是悔恨和无奈。

我继续说："我看到了衣柜里面的箱子。那个箱子是我的，对吗？"

爷爷紧闭着嘴唇。

"爷爷，您知道我父母的电话吗，或者家庭住址呢？知道的话您告诉我吧。现在就告诉我。"

爷爷完全没有了刚才的冷酷，感觉就像是高山倒塌了一样。爷爷脸上痛苦的表情慰藉了我。我挺直了腰板，想着不管爷爷说什么，我都不会退让。

爷爷深深地吸了口气，缓缓地吐了出去。爷爷几次张开了嘴，却没说出什么话。

我看出来爷爷在犹豫。爷爷看着我的眼睛，可能是看到了我眼中的坚持，终于开了口："秀彬是……"

我仔细地盯着爷爷张开的嘴。爷爷的嗓音沙哑得不像话：

"正姬的女儿。"

"什么？！"

我眨了眨眼睛。李秀彬是妈妈徐正姬的女儿。我刚开始没有听明白这是什么意思，重复了两遍爷爷说的话，才明白过来。我的脸火辣辣的。

原来不是我。

我抱着的小婴儿服和襁褓都不是我的。李秀彬也不是我的名字,我不是李秀彬。

爷爷看着我的脸,继续说:"我不是一个合格的父亲,也不是一个合格的丈夫。正姬没能承受这一切选择了离开,也是我的责任。我当初跟她说过,不要去领养你。但是她坚持要这么做,我拦也拦不住。领养你的时候,她是真心想对你好的。但领养你后让她没办法摆脱过去,生生毁了自己。"

爷爷拿起了马克杯,喝了一口咖啡。我消化着爷爷说的话。徐正姬是因为收养了我,才毁掉了自己的生活?爷爷不似平常说话断断续续、结结巴巴的。我和爷爷各自沉浸在自己的思绪里。爷爷拿着马克杯的手在不停地颤抖着,不知道是因为情绪上的波动,还是因为身体状态不佳。爷爷把马克杯放在了桌子上,然后盯着桌脚发呆。

过了一会儿,爷爷突然摘下了他的贝雷帽。我吓了一跳。爷爷的头发掉光了。爷爷摸了摸头顶说:"不同意领养你,是因为正姬没有那个能力。秀彬遭遇了事故死了。不仅是秀彬，就连秀彬的爸爸也一起走了。这场事故不能怪你的父母，这只是单纯的交通事故。正姬当时说，领养你是冥冥之中的安排。"

爷爷的话没头没尾的。我听得很费劲。若是真的听不懂就好了，那就不会觉得头皮发麻了。爷爷艰难地站了起来，摇晃着的身体好像马上就要倒下一样。

"其他的等以后再说吧。"

这时我口袋里的手机振动了起来。

我打开了手机。是世润的信息。

——我觉得你也应该要面对一些问题，就像我当初一样。

世润发来的信息下面有一个视频链接。从画面上看，好像是某个节目的影像内容。画面上方有KBS电视台的标记，左上角写着"领养之日——特别节目"。

影像链接下面还有一行世润的信息。

——那里面的孩子就是你。

24

我回到了房间,打开了笔记本电脑。我点开了世润发来的视频链接,电脑上出现了视频画面。

节目里有一男一女两个主持人,他们分别打完招呼以后,摄像机拍向了摄影棚。舞台上有五个小桌子,旁边摆放了几把椅子。每个小桌对应着一组家庭。这些家庭都是领养了孩子的。看来这个节目是介绍领养孩子家庭的特别节目。在这些家庭里,我看到了徐正姬、爷爷,还有世润口中说的孩子——我。

小小的我戴着粉红色的蝴蝶结,表情呆萌呆萌地左看看右看看。爷爷依旧是僵硬的表情。徐正姬把我抱在膝盖上,不停地抚摸着我,看样子是有点紧张。

我看到了年轻的徐正姬女士。

这样的徐正姬，怎么看都不像是会去虐待延宇的人，也不像收养我以后会丢下我跑掉的人。徐正姬看起来就是普普通通的人，但她有一双很漂亮的眼睛。

摄像机拉近了距离，拍向了我。小宝宝把手指放到嘴里裹了裹，然后笑了笑向徐正姬伸出了小手。我按下了停止键。

画面上的小宝宝就是小时候的我。我连一张自己小时候的照片都没有。这是我第一次看到自己小时候的样子，真的很可爱。我伸出了手，摸着画面上的小宝宝。圆圆的额头和灵动的大眼睛，小小的鼻子还有小小的嘴，张开的嘴巴里能看到小小的舌头，这一切都十分可爱。

我突然想起了世润说的话。

——你也应该要面对的，就像我一样。

我看向了顶棚。我能感受到心脏的跳动，扑通扑通的。

如果无法摆脱和逃避过去，那就要去面对。世润说的是对的。

我按下了视频的开始键。

25

主持人1:让我们听一听下一组家庭的故事。这是去年圣诞节发生的事。京北高速公路上发生了一起严重的交通事故。一辆1.5吨的货车和一个小汽车相撞,货车里有一对年轻的夫妻和他们的孩子。当时的情况非常惨烈。

主持人2:徐正姬女士,现在恢复得怎么样了?事故发生大概有半年的时间了吧。

徐正姬:谢谢,身体好多了。宥莉也好多了,虽然小脸蛋上留下了一道疤痕。都说宥莉能活下来是个奇迹。

主持人2:您现在心理上能接受这件事了吗?

徐正姬:是啊。还在克服自己的情绪。因为有宥莉在,一切都会好起来的。

主持人1：这个问题有点敏感。徐正姬女士方便跟我们说一下当时事故的情况吗?

徐正姬：事故发生在高速公路上。当时是晚上，还下着雨。高速公路上有一个掉下来的轮胎。

主持人1：有一个轮胎？天啊。

徐正姬：我老公看到了轮胎，躲了过去。后面的货车也想要躲开，但是失去了平衡。当时，雨下得很大。我老公感觉到了危险，减速了，不过还是被那辆货车撞上了，两辆车都翻车了。

主持人2：伤亡也很严重吧？

徐正姬：是啊，我老公和秀彬先走了。

主持人1：这场事故太让人难以接受了。那这个孩子是叫?

徐正姬：叫宥莉。

主持人2：能说说为什么收养这个孩子吗？

徐正姬：宥莉是遭受事故的货车司机的孩子。她的父母也是因为当时的事故去世了。宥莉家的情况并不是很好。宥莉有可能被送到孤儿院。

主持人1：啊，所以徐正姬女士收养了宥莉，成了宥莉的妈妈。如果换成是我，可能想不到要收养宥莉的。虽然是事故，但多少还是会介意吧。

徐正姬：其实一开始我也没有想到要收养宥莉，但是小孩子又有什么错呢？事故发生以后，只有我和宥莉活了下来，我说想看看宥莉。

主持人2：能详细说说吗？

徐正姬：但是看到宥莉的瞬间，我觉得是秀彬回来了。秀彬和宥莉一样大。我觉得这也许就是天意吧。我决定收养宥莉，将她好好养大。宥莉就是我的亲生女儿，我希望她能成为我的女儿，幸福地长大。虽然秀彬不在了，但现在有了宥莉，我希望能守护着这个孩子成长。

我停止了视频播放。

这一切是那么让人无语。我心中燃起了莫名的敌意，咬紧牙关死死地盯着屏幕。静止的画面上可以看到满脸是泪的徐正姬女士和戴着粉红色发带的婴儿。还是婴儿的我坐在徐正姬女士的怀里，姿势别别扭扭的。

我想起了高香淑老师说过的话。如果太累了，那就笑一笑。真的太荒谬了。我想要用笑来伪装荒谬的自己。这世界，真的是无奇不有啊。我好想嗤笑一下自己的人生呀！

我按下了电源按钮，关闭了电脑。玻璃窗外的晚霞红彤彤的，非常耀眼。我闭上了眼睛。"是啊，原来如此，事情的真相是这样的。"我心里反复念叨着这句话。

爸爸妈妈都死了，在很早很早之前。原来我一直想要见的人，都已经不在了啊。曾经的怨恨也好，现在其他复杂的情绪也好，如今看来都是多余的。真是可笑，我忍不住"呵"地笑出了声，看着棚顶，感觉眩晕症又犯了。

我坐在了书桌前，打开了习题册。发现是数学练习册。我握着圆珠笔，开始答题。我咬紧牙关，一道题接一道题地往下做，直到做了五道题以后才停了下来。头疼得厉害。我打开了手机，确认有没有新来的短信和电话。没有短信，也没有电话。我关上了手机，然后又打开了手机，确认了一下时间。这样反反复复，也不知道自己到底要干什么。我硬让自己想想今晚要吃什么，晚上要不煎个饺子吧。想到这儿，我是真的坚持不住了。我吐了一口热气，两个胳膊支撑在书桌上，用手掌捂着脸，哭了起来。

我是多想见见他们啊。

我想站在他们面前，堂堂正正地说，你们为什么抛弃了我？我的成长和你们没有一丝一毫的关系。即使你们没有养我，我也平平安安地长大了。我多想和他们计较一下啊。我想告诉他们，我过得很好，大学也毕业了，可以自己赚钱养活自己了。

我胸口涌上了一团又涩又苦的热气，紧紧地窝在了一起，肚子里也好像有什么东西滚动着要往上爬。我死死地咬紧了牙关。

我是真的很想念我的爸爸妈妈啊。

我终于承受不住压力，放声痛哭了出来。

26

从那天以后,我依旧保持着规律的日常生活。我每天带着延宇上学和放学,爷爷就在家里调养身体。我在学校的时光也和平常一样。

世润后来找过我,对我说了声"对不起"。世润说,当时对我说我很有名这件事,是他的不对。他说,那档"领养之日——特别节目",是在视频网站上偶然看到的。

我问世润怎么知道视频里的那个孩子是我的,他说是因为认出了爷爷。小学毕业典礼的时候,世润看到了爷爷。世润说他当时就确定了我是那个孩子,当时他在想:原来宥莉就是那个孩子啊,原来那个孩子是这么长大的,长成了现在的样子。世润说他是从那时起,开始关注我。我看着世润,撇撇嘴对他说："怎么，你是跟踪狂吗？变态呀？"然后我拍了他两下，解了气。这样也算是接受了他的道歉吧。

回到家我问爷爷，手术时间定没定下来。爷爷说："让医生安排了。"

如今的情况也不知道是好是坏。爷爷还是和往常一样，说话冷冰冰的。虽然胃口不太好，但爷爷还是很努力地让自己尽可能多吃点。实在吃不下去的时候，他还用汽水泡过饭。医生说，只有血液检查通过了才能进行手术和抗癌治疗。爷爷还让我在网上订购了营养剂和蘑菇，说是可以缓解病情恶化。

爷爷还跟我说，不用担心钱的事情。我从来没有问过爷爷关于治疗费用的事，爷爷却主动和我说了。手术费用和后期住院的费用大概需要三万块钱。爷爷说这些钱他还是有的，因为有医疗保险，所以费用并不是很多，然后还对我说，抗癌治疗效果还不错，现在不用再去康复医院进行观察也可以了。

爷爷的话让我安心了很多，即使没有问出口，但爷爷的治疗费用一直是我所顾虑的事情。如今看来，爷爷的治疗费用并没有我想象的那么多。我很高兴爷爷能将这些都说给我听。这样的爷爷和曾经对我说"不该你管的事情,不用操心",然后冷冰冰地扔给我一张银行卡的爷爷判若两人。

我和爷爷的关系明显变得不一样了。爷爷从楼梯下来走到餐桌前,坐在了我和延宇中间。我和延宇有点吃惊地看向爷爷,爷爷对延宇说以后不用把餐食拿到二楼了,他下楼来吃就可以。我们几乎没有在家里这样吃过饭。爷爷会把泥鳅汤推到我面前,对我说:"你也多吃一点。"刚开始吃泥鳅汤,我觉得有点腥,但吃了几次以后觉得味道还不错。我在放学回来的路上,会给爷爷买泥鳅汤打包回来,冰箱里也塞满了汽水。我本来还想着学一下泥鳅汤的料理方法,在网上浏览了一下之后,果断地放弃了。

爷爷和我之间的对话也变多了。爷爷在餐桌上看着打游戏的延宇,对我说:"你就不能管管他,让他不要打游戏了。"

我眯着眼睛回答爷爷:"放心吧爷爷。他再这样,我就把他的手机给砸了。"

爷爷愣住了,眨了眨眼睛。延宇也抬头看向了我和爷爷。我第一次和爷爷这样开着玩笑说话。爷爷看了看我,收起了延宇的手机,然后对我说:"也不至于给砸了。"

有一回在饭桌上我问爷爷:"妈妈为什么领养了我,然后又抛弃了呢?"

爷爷用汽水泡着米饭,好像这是再平常不过的事情一样,平静地说:"不是自己亲生的,怎么都会觉得累吧。"

我把花椒粉撒在了泥鳅汤上面:"爷爷还真是爱说'你不是亲生的'这种话。"

爷爷看看我,笑了。我拿着一个生辣椒,咔嚓咔嚓地吃了起来。

那天饭桌上无论是爷爷、延宇还是我,都感觉很轻松愉快。砂锅里热乎乎的泥鳅汤和红红的萝卜泡菜,泥鳅汤上撒着的花椒香料,这些同我们短暂的对话是那么契合,这个场景好似刻在了我的心里。看着我笑的爷爷,我也忘不了吧。就像曾经我第一次做大酱汤,爷爷品尝时惊喜的表情一样,会一直一直记在脑海里吧。

爷爷说徐正姬女士的一生是可怜的,她从来都没有从失去丈夫和孩子的阴影里走出来。也正因为如此,她不停地酗酒，喝到酒精中毒的地步也没有想过要戒酒。徐正姬一直工作的培训学院也把她给辞退了。爷爷说徐正姬当时为了安抚自己的心情，和朋友去了一趟赌场，那次成了徐正姬无法挽回的灾难。

爷爷看着我，继续说道："正姬从小做什么事情都很执着，遇到问题也容易深陷。人活着本来就是这样的，怎么可能随心所欲。"

爷爷的话听起来像是在埋怨死去的女儿。爷爷是想说，徐正姬女士变成这样是她咎由自取吗？无论怎样，我听起来是这样的。

摄像机拍摄下的徐正姬是真实的。如果内容不涉及我，我想看到"领养之日——特别节目"的时候，我会跟着感动吧。但我太清楚自那之后的事情了，知道徐正姬的人生是什么样的。感觉像是两部电影硬生生地拼凑在一起，无比荒唐。徐正姬不像话的人生是我和延宇经历的过去。

延宇的爸爸在那之后到我家来过几次。延宇爸爸给延宇买了玩具机器人，还有棋盘游戏之类的作为礼物，我将这些东西统统放进了二楼阳台上的衣柜里面。延宇爸爸来的时候，我让延宇先到我的房间里待着,然后对延宇爸爸说:"如果不是真的决定要带走延宇,就不用来看延宇了。"既不领走,还要来打扰延宇的生活,这样对延宇来说也不是什么好事。

我不知道延宇的爸爸是不是好人。延宇的爸爸好像将延宇视为自己的孩子,但眼神和语气却让我总是觉得很熟悉。爷爷的身体情况也是我担心的问题。我会担心延宇爸爸是不是知道了爷爷的情况,有意想要接近延宇,然后霸占爷爷的房产。好在延宇的爸爸没有问太多就转移了话题,对我说他的妻子和孩子还没办法接受延宇,所以暂时不能接延宇离开。

延宇的爸爸也特意给爷爷打了电话,解释了他的处境。

爷爷看向我,失落地对我说:"这怎么好呢?"

我正坐在沙发上剥着大蒜。爷爷的计划似乎就这样瓦解了,看着皱着眉的爷爷,我笑了出来,跟吃了棉花糖一样,甜甜的。

我把剥好的大蒜放进了石臼里,哐哐使劲儿砸了下去。

"是啊,怎么办呢?"

27

我和延宇走进了为手术患者家属准备的等候室,放着一排椅子的等候室里有很多人。有爷爷、奶奶、大叔、大婶,还有看起来像小夫妻似的年轻男女。这里面我和延宇是最小的。等候室的墙上挂着一个电视和一个显示屏。我和延宇坐在椅子上,盯着屏幕看。显示器上面的表格里有好多人名,后面会显示"等待手术""手术中""恢复中""病房"等字样。爷爷的名字后面是"等待手术"。

爷爷的手术需要进行六个小时左右,医生说根据情况也可能提前结束。我打开了手机,看到了美希和朱峰的信息。美希和朱峰说补习班下课以后,要赶过来。我对他们说别担心,不用来的。但我的心里很忐忑。我心里想,如果美希和朱峰还有世润能来就好了。

我和延宇在等候室里坐着。坐在旁边的延宇肩膀贴着我，这让我感受到了温暖。窗外的天气很好。我从七楼往外看，能看到青翠的山和蓝蓝的天，还有白色的云朵和飞翔的小鸟。再过两天就是夏季了。

等候室里的人表情各异。有些人坐着看电视；有些人闭着眼睛默默祈祷；也有人侧着身子打瞌睡。延宇喊了我一声，指着显示屏对我说："爷爷进入'手术中'了。"

爷爷名字后面从"等待手术"转换成了"手术中"的字样。我用双手捋了捋头发。不久前在病房，爷爷对我说："现在回过头看，我做了很多不对的事。正姬是我的女儿，我对她也没尽到责任。我对你照顾得也不够好，我一直觉得能把你养大送出去是最好的选择。当然现在也还是这么想的。不管怎么说，这些年辛苦你了。"

我打断了爷爷的话："爷爷，您现在是给我留遗言吗？手术结束以后，还需要做三次抗癌治疗呢。"

爷爷笑了。我也看着爷爷笑了。爷爷向站在我旁边的延宇伸出了手，延宇马上用双手握住了爷爷的手。我也伸手摸了摸爷爷光秃秃的头,爷爷也没有斥责我。看着爷爷,我眼眶发涨,顿时眼里蓄满了泪水。

"爷爷现在虽然没什么力气,但也有好的地方呢。脾气没那么大了,话也变多了。"

爷爷那粗糙的脸上挤出了笑容。我也对爷爷笑着。延宇按照我之前对他说的,探了探身子亲吻了爷爷的脸颊。

"爷爷,您不用担心。一切都会很顺利的。"

我搂着延宇的肩膀,轻轻拍了拍。我想起了爷爷说的话——

正姬是我的女儿。

爷爷说这句话的时候,会是什么样的心情呢?妈妈徐正姬女士离开已经三个月了。这些日子,爷爷是怎么度过的呢?爷爷在身体的折磨和精神的摧残下,硬生生地挺过来了。也许,爷爷性格上的怪癖和冷漠只是他减少痛苦的伪装,说不定只有这样才能让他咬牙挺过那段让人窒息的日子吧。

爷爷也好,延宇也好,我也好,有一点是一样的——我们的家人都离开了我们。我偶尔也会想,我的爸爸妈妈是什么样子的呢?我昨晚在上网课的时候,突然心血来潮自拍了一张照片,然后用网上的应用程序把我的脸转换成了男生的脸。看着变成男生的脸,我想象着爸爸的样子,我又将照片转换成女生的脸,想象着妈妈的样子。都说夫妻长得像,如果爸爸妈妈还活着,他们应该是以这样的面孔在我的身边吧。

我旁边传来了延宇熟睡的呼吸声。我把延宇的头放在了我的大腿上,从书包里拿出了我的浅紫色开衫给延宇盖上。我抚摸着延宇的头发,这时手机响起了信息提示音。我打开了手机,是世润的信息。

——我快到了。

我回复了世润的信息:"不用过来。"信息刚发送出去,等候室的门就打开了。世润穿着校服,大口地喘着气,走了进来。世润看到了我和熟睡着的延宇,冲我摆了摆手,然后走了过来坐在了我旁边。世润把书包放在了旁边的座椅上,看了看延宇,然后对我笑了笑。我们聊了聊学校的事情。

世润看了看等候室,对我说:"这里真的一点变化都没有。"

我瞪大了眼睛,小声问世润:"你以前来过这里?"

"嗯，我爸在两年前做过胃癌手术。"

世润的爸爸做过胃癌手术的事，我是第一次听说。

"当时医生说爸爸可能活不了多久了，家里都翻天了。"

我问世润："那叔叔现在怎么样了？"

世润抬了抬眼睛，点了点头说："现在状态很好。只要管理好自己的身体，大概三年就可以完全康复了。所以你也不用过于担心，现在医疗技术好，爷爷会好起来的。"

世润说话总是淡淡的。这样淡淡地说着他爸爸的事，却让我感到了安心。

世润挑了挑眉，用过来人的语气对我说："我经历过，所以很了解这种感受。其实在等候室里待着，除了心情焦灼和胡思乱想以外，没有任何帮助。"

世润从书包里拿出了塑料文件夹，小心翼翼地从文件夹里取出一封带有涂层的信。

我问世润："这是什么？"

世润郑重地递给了我，笑着说："我的宝物一号。"

信纸上印着可爱的小花朵，上面写着整洁的字。我抬头看向了世润的脸。世润微微一笑，对我说："没错，这是我亲生母亲写给我的信。放在婴儿箱里的信。妈妈前两天把这封信交给了我。"

我看着世润:"那我可以看吗?"

"当然。就是为了给你看才拿过来的。"

我读了世润的亲生母亲写给他的信。

信上说了很多对不起的话。世润的亲生母亲在信上说,自己是没有资格祈求世润的原谅的,希望世润不要成为像自己一样的人,希望他有不一样的生活。世润的妈妈还说,希望有一天能找到世润,当面告诉他自己为什么做出这种选择。这封信的最后,世润妈妈说她是爱着世润的,然后对世润说对不起。信纸的中间有字迹晕染过的痕迹,想必是世润的妈妈在写这封信的时候流下来的泪所致吧。我读着世润妈妈写给他的信,默默地流下了眼泪。

我深吸了一口气,吐了出去,试图用轻松的语气对世润说:"你妈妈也很难过吧。信上得说了一百遍对不起了。"

世润笑了:"不是一百遍,是十三遍。"

"你还真数了?"

"这封信我都看了一百多遍了。都能背下来了。"

我假装翻着白眼对世润说:"你可真了不起啊。"然后用拳头敲了敲世润的肩膀。世润笑着叹了口气。我又低头看了看这封信。我不知道该怎么形容这样的情绪,既感动又开心。我看着世润,很认真地对他说:"她一定是个很好的人。字写得也很漂亮。"

世润说:"是啊。我妈妈也说,我这么聪明是因为遗传了亲生母亲的基因。"

我把信递给了世润:"你有这样的一封信,还真让人羡慕。"

"羡慕什么,我还羡慕你呢。"

我无语地看向世润:"我有什么让你羡慕的?"

世润动了动嘴唇,什么也没说出来。

我瞪大了眼睛,威胁着世润说:"你还不快说!"

世润一边做着求饶的表情,一边说:"知道了,知道了。"

他看着我的脸说:"宥莉,你父母不是想要离开你的。"

我还以为是什么大不了的呢。

"那有什么可羡慕的。你还有可能见到自己的亲生父母,我是没有这种可能了。"

世润皱了皱眉:"能见到是好事吗?这还真不好说。"

我摇了摇头。我是能够理解世润的心情的。我曾经幻想着与父母见面的场景,没有一次是美好的。我脑海里浮现的场景都是三流狗血悲剧的脚本。

"我的亲生母亲把我放到婴儿箱里的时候,才十八岁。"

我瞪大了眼睛,怔怔地看着世润。

"才十八岁?!"

"是啊。和我们现在一样大。"

我有点喘不过气来。感觉强烈的冲击和疼痛从胸腔慢慢扩散了出来。十八年前生下世润的世润妈妈,如今也才三十六岁。当时还是我这个年纪的世润妈妈,经历了怀孕和生子,应该会恐惧和焦虑吧。世润妈妈可能会抱着自己鼓鼓的肚子不知所措地痛哭吧。

世润慢慢地开口说:"她当时该是多无助啊。"

我不由得想起了遗像照片里徐正姬的脸和电视节目中年

轻时徐正姬的脸。我想到了出生不久就离开的秀彬和想要把我视作自己的孩子而抚养我长大的徐正姬。

我是感谢徐正姬的。自那之后的事情纠结起来似乎也没有必要了。

我想着徐正姬，轻轻地说："她当时该是多孤单啊。"

世润的嘴角微微一动。这样下去，想来我和世润都会沉浸在悲伤的氛围里痛哭流涕。

我耸了耸肩说："唉，真是太心酸了。"然后拍了拍世润的后背。

世润看着我，笑了笑。世润的笑并不勉强。我知道，世润不是因为痛苦而强颜欢笑的。我相信世润拥有一颗强大的内心，这样的世润今后无论遇到狂风暴雨还是荆天棘地，都会勇往直前的。

我突然有了一个想法："哦，对了！"

我拍了拍手，兴奋地看向世润："世润，你看，我们俩都是被领养的。"

世润无奈地回答说："怎么？这件事这么值得高兴吗？"

"你听我说呀。"

世润温柔地看向我眨了眨眼睛,示意我说下去。我手舞足蹈地向世润说起来我的事业计划。

"世润,我们去设置婴儿箱的地方当志愿者吧。"

"哦?"

"这样在大学申报书里可以说,我是被领养的孩子,所以我愿意为这些领养的孩子做一些事。"

世润听我一本正经地说着这些话,"扑哧"笑了出来。我用拇指和中指打了个响指,眯了眯眼睛,继续说:"我要写得感动天、感动地,让招生的老师看到以后大吃一惊。你说是不是?哪有这样的自我介绍啊,想想都觉得太绝妙了。"

我双手掐着腰大言不惭地说着:"这样的话,哪个老师忍心拒绝我呀?说不定还会给我一些奖学金什么的。"

世润撇撇嘴,笑着说:"你也太俗了。"

我故作凶狠地说:"你是不知道我的处境。如果这样对升学有帮助,有什么不能做的。你和我倒是不一样。"

世润笑着说:"好,知道了。那就试试看,你想做什么，我们都试试。"这时候，走廊上响起了广播声。

延宇也醒了，他看到了世润，和世润打招呼说："世润哥，你来啦。"

延宇看向了显示器，摇晃着我的肩膀说："姐姐，你快看，爷爷的手术结束了。"

爷爷名字后面刚刚还是"手术中"的字样，现在已经变成了"观察时"。我看了看手表，预计六个小时结束的手术，三个小时就结束了。我不确定是什么情况，不知道提前结束了手术是不是乐观的。

我搂着延宇，亲了亲延宇的头顶。世润安慰似的拍了拍我的肩膀。我的内心是满满的期待，我感觉一切都会向好的方向发展的。

我用力抱了抱延宇。延宇抬头看了看我，他的眼里满是焦急和担心。

现在可以去医生办公室听取手术结果了。

我看着延宇说："手术结果一定是好的。"

延宇看着我，认真地点了点头。

关于《呼呼》

《呼呼》这部作品的灵感,来自我采访了一位领养家庭的妈妈。这部小说进行得很顺利,很快就完成了初稿。当时我给这位接受采访的妈妈发了一条信息,希望她能帮忙审阅一下初稿。我希望通过审阅可以避免我理解和体会上的偏差,消除我的顾虑和担忧。聊天窗口出现了这位妈妈的留言。

——当然没有问题。我是一定要提前审阅的。

我愣了一下。现在看到聊天窗口的对话,我还能清晰地记得当时收到留言时的心情。我回复说感谢您的支持,也承诺一定好好完成这部作品。聊天结束以后,我静静地坐了很久。

她说——初稿是她一定要提前审阅的。

这句话深深地嵌在了我的心里,让我重新审视了一下自己创作这部小说的心路历程。我和这位妈妈的对话一向很愉快。这句话也并不是多么尖锐的话,但我有了不同的感受。

——我不知道你会把我的孩子写成什么样子。

——我担心你写的东西会给我的孩子带来伤害。

——你并不了解真实的我们。所以需要我的审阅。

我站在母亲的角度将这些直接的感受整理了一下。她应该是想说,请不要质疑我们和孩子想要共度一生的决心。

我知道,没有切身经历过,是没有资格妄言的。世界上我最爱的人是我的女儿,她却患有自闭症。每当电影或者小说里出现自闭症患者时,我都会精神紧张。我会担心这是不是用残疾人来当作笑柄,或者博取观众的怜悯。说实话,让我能放心地看下去的作品并不是很多。我经常会苦笑着想,又是这样的。

我真心希望我的小说不是这样的。我希望《呼呼》是一部可以触及所有人心灵的一部小说,我更希望《呼呼》是一部可以得到领养家庭的认可和支持的作品。我时常在想,"《呼呼》一定要成为一部可以给予领养家庭力量的小说""希望《呼呼》可以让世界上更多的人了解他们的生活"。实则我内心深处所担心和顾虑的是,《呼呼》会不会给领养家庭带来不适和困扰。

我想这部小说的主题应该是好的。任何的痛苦都是个人的,但有些痛苦是需要被知道的。无论什么样的痛苦,只有说出来才会被世界所理解和接受,我们所生活的世界才会一点点地变得更好。我相信有《呼呼》的世界,要比没有《呼呼》的世界更好。

当小说中的人物所经历的事情和感受到的悲伤,与我的处境相吻合时,相信我们会从中得到力量,得到安慰。原来世界上并不是只有我一个人感受着痛苦和悲伤。宥莉也是这样的。还有世润、爷爷、高香淑老师,大家都有着自己的痛苦和悲伤,就像我们感受到痛苦的时候,努力挣扎和自救一样,《呼呼》里的他们也一样没有退缩。所以我们是一样的。

每当我感受到自己的生命,并为此努力活着的时候,我都会静静地微笑。看着我的女儿,有时我也会感到不安和害怕。这时,我会想象女儿身边有那么一个人。我始终相信,即便我离开了世界,也总会有那么一个人对她伸出援手。撰写《呼呼》的时候,我也总会想到这样一只手——这是一只亲切温热的手,是一只轻轻拍着我们的手;这只温暖湿润的手能成为一百句美好的话语,成为一千个温柔的眼神,撒向世界的每一个角落。

曾经如脆弱玻璃一样的宥莉,拂去身上的一切,然后呼呼地飞向远方。希望看到这部小说的你,也能像他们一样呼呼地飞翔。你要知道,你并不孤单。

希望今天也是充满力量的一天。

希望今晚你能忘记忧伤,呼呼飞向梦中的天堂。

文庆敏